如果连我们的最爱

都遗落在记忆的长河里，

那浪涛淘尽后，

剩下的是什么？

穿越时空的告别

彭素华 / 著

ZHEJIANG UNIVERSITY PRESS
浙江大学出版社

不朽的灵魂

台东大学儿童文学研究所荣誉教授　林文宝

　　一个充满矛盾与伤痕的家族，不曾间断的情绪风暴，直到罹癌的爷爷剩下短暂的生命时，才让这个家庭降下甘霖，看到希望的曙光。

　　小说中讲述着一个大家族，成员彼此嫌隙不满，陈疴新伤导致每个成员都伤痕累累，虽然各个都疲倦不堪，但各个就是不愿妥协让步，直到家族的大长辈——爷爷即将过世，这个家族才产生改变，故事便从这里开始说起。

　　作者选择最为直接的书写方式，毫不遮掩的言语与情绪，无情地撕开血淋淋的家族伤疤，让读者可以清晰见到家族的破裂与不堪。情节常是刀光剑影，争斗吼叫，弥漫着一股低气压,挑战读者的阅读极限,却又在适当的时候,以幽默的语言与荒谬的情节,扭转情绪风暴所带来的沉重感受,如此扣人心弦、吊人胃口,是作者相当高明的地方。

作者刻意安排新世代与旧世代共同面对家族难题。旧世代的冥顽不灵,无解的人情世故,竟在新生代无厘头的新鲜思维下,找到解题的可能,使得原本郁闷沉苦的氛围,顿时天降甘霖,气氛变得幽默轻松,难题迎刃而解,让这个家族找到继续前进的可能。爷爷罹患癌症,时日不多,本来是愁苦哀伤的事件,不过新世代的家族成员为了让爷爷不留下遗憾,说服旧世代抛下前嫌合演"和解大戏",让爷爷在最后一段时日安心离世。这个决定帮助不见光明的家族开了一扇窗,重新感受凉风与阳光的美好。可悲的是,若是没有爷爷的死亡,这扇窗便不会打开。当爷爷一步步踏入坟墓,家族才一点一滴地抛弃前嫌,修补旧伤,虽然讽刺却相当真实。

一部精彩的小说能让读者"找到"自己,并在阅读的过程中,疗愈内心无法与人诉说的痛苦;或许作者是妈妈的关系,她不忍读者受到折磨苦难,总是按捺不住现身于文中,借着角色阐述自己的人生价值与生活态度,让读者能够从苦痛中解脱,可见其母爱灼灼。

作者在这个题材中不断创新,透过幽默的笔墨披荆斩棘,辟出一条康庄大道,令人眼睛为之一亮。最后,我也能从中感受到作者为人母的温暖与细腻,她透过文字的书写试图伸出双手,拥抱任何在家庭中受苦的孩子,还有大人。

唯有了解，才会谅解

台湾认知神经科学研究专家　洪兰

有人说"家里没有病人，牢里没有亲人，外面没有仇人"就是幸福。看了这本书真是觉得所言不虚。没有长期照顾慢性病病人的人是不会了解长期照顾病人的个中痛苦的。我有个朋友才五十出头，因为照顾得了阿尔茨海默病的公公，在半年之内头发全白，路上相遇都不认得了。她说："除了体力不堪负荷，最辛苦的是心力交瘁。照顾老人远比带婴儿累，婴儿至少不会开门，不会你去上个厕所出来，人就不见了。"她常常半夜和先生两个人骑脚踏车在街上转，找她公公。

老年失智是这个世纪人人谈虎色变的疾病之一，它的种类很多，最为人知道的是阿尔茨海默病。这种病在发病的初期，家人并不知道是病，只觉得老人家脾气变了，不听别人劝说，还爱生气，脾气跟小孩一样。其实他真的是跟小孩一样，因为智力退化了，变成"小孩"了，不能讲理，只能用哄。有一次，我看到一位学贯中西的名教授被妻子像对待小朋友一样哄着喂饭，心中真是非常难过。想来，祝人"万寿无疆"不见得是全对的，活得有尊严比活得长久更重要。

人们对老年失智的恐惧到什么程度呢？每一次，我们实验室宣布要找六十五岁以上的人来做记忆实验时，电话都被打到爆。老人家说："我也不要你五百块钱的受试者费〔我们付功能性磁共振(fMRI)试验的受试者五百元，付正电子体层扫描(PET)试验的受试者两千元，因为前者为非侵入性，后者要注入放射性的水、氧15或氟18，为侵入性〕，你就算半夜叫我来做我也来，只求你帮我扫描一下，看我有没有老年失智。"我们问他为何如此担心，他说："哎呀，你不知道，我昨天又把绿豆汤烧成绿豆干了呀！"其实这不是阿尔茨海默病。阿尔茨海默病的表现如：你在这个菜市场买了六十年的菜，今天出门买菜，却找不到路回家了；或是你跟老伴结婚五十年了，现在看到他/她却不认得了。至于忘了关火、找不到钥匙是很常见的健忘，因为事情太多了，好像长江后浪推前浪，前面事情的记忆痕迹还未干，后面的事件就覆盖上去，把前面的痕迹淹没了，就忘记了。

遗忘是记忆的本质，人没有那么多的大脑资源去记不重要的小事，但是不论再怎么健忘的人，一旦目睹杀人放火，一辈子都不会忘记，因为情绪是最强有力的提取线索。

俄国心理学家卢瑞亚（A. R. Luria）的书中曾记载有个过目不忘的记者，只要看过一眼，十五年后，仍然能把黑板上长长的公式一字不错地默写出来，但是这个人的生活非常痛苦，几乎活不下去。其实，只要去问一下有着超强记忆力太太的先生就知道为什么遗忘有其必要性了。

每个人的行为都跟他过去的经历有关。书中的奶奶很爱钱，因为小时候家贫，被人讥笑，又因一段感情的误解，使她以为金钱万能。既然自己没有能力开源，就只好节流，变成了"守财奴"。书中的爷爷很像我的朋友，明知太太喜欢的不是他，但是结婚四十年来，无论如何挨骂受气，始终不悔。让人想起那句"问世间,情为何物,直教生死相许"。

　　这本书从孩子的眼光来描写,朴实又风趣,是一本介绍阿尔茨海默病的好书。人只有通过了解才会谅解。赶快去买一本吧,它会使你对待长辈更为和蔼、有耐心。

目录

　　妈妈从医院探望爷爷回来后，就垮着一张脸，虽然她的声音比以前更温柔，但眉头深锁，神情恍惚。尽管她的眼中没有透出杀气，但还是逃不过我的法眼，因为她每次都这样，越是心里有事憋着，表面上就越伪装平静。大人总把我们小孩想得太简单，其实我们什么都知道。我很清楚，这种时候绝不能招惹她，否则她就会像火山爆发，岩浆四射，热度飙高，让我落得尸骨无存的下场。

　　爷爷罹患肺腺癌和轻度老年失智已经一年多，每天都要吃一颗价值两千多块①的靶向药物来控制癌症,换句话说,一个月要六万块。六万块有多少?我没什么概念。爸说:"差不多是一般人不吃不喝,两个月的薪水。"哇!那就是很多钱的意思喽!

为了这笔钱,一年前奶奶和爸大吵一架……

那天晚上,他们坐在客厅,我写完功课跑过去,才拿起遥控器,妈妈就说:"回房间去!"

"可是我想看电视呀!"我说。

"进去! 大人有事要谈。"爸的语气透出一股火药味。

"可是……现在的电影很精彩耶! 你们谈你们的,我不会插嘴,也不会吵闹,这样可以吗?"我小心翼翼地说。

"叫你进去就进去,听到没有!"爸双眼瞪得快暴突出来,颈部爬满青筋,大声怒斥,右手一挥,差点打到坐在旁边的妈妈。

妈妈头一侧,闪过爸爸的手,转头用极温柔的声音对我说:"乖! 听话,赶快进去!"她的声音让人头皮发麻,再不识

---

① 全书出现的所有货币表述都以新台币为计量单位。

相的人都知道该怎么做。

我夹着屁股快速溜回房间，拿出向达伦写的《魔域大冒险——死亡幻影》。

客厅传来爸爸的吼声："我已经决定好了，你不用再说什么！"

奶奶不服："你爸这辈子已经够好命，也活够久了，就让他顺其自然地走，浪费那个钱干什么？"

"浪费？"爸的声音简直快震破屋顶，我的耳膜嗡嗡作响，"你说救爸的命叫'浪费'？"

他用他的大手，一把抓起了石头，施加巨大的压力，试着要把它折成两半。传出噼啪声，而岩石最上方的尖端出现了一道裂痕。但接着它就这样不动如山……

"你小声点啦！"妈说。

她停顿几秒后又说："妈！钱是阿顺的，命是爸的，他们父子讲好就好了，我们不要管太多。更何况有的人有钱，却没孝心；有的人有孝心，却没钱。阿顺负担得起又有孝心，这是爸的福气，应该欢喜接受才对呀！"

"他的福气够多了，再说，多活这一两年也没什么意思。

虽然你做医生,会赚钱,不过有俭才有底,这也是为了你们好!"

"为我们好! 为我们好!!"爸的声音一次比一次高亢,"每次都说是为了我们好!"爸的声音因过度用力而显得破碎,"要我穿西装打领带上班,说是为我好;规定我吃的东西,说是为我好;不让爸装假牙,也说是为我好。明明你就只是想控制身边所有的人!"

毕瑞纳波斯胜利地大叫,两只手臂包覆住了石头那一块分离的部分……

"你说话没良心,要不是我当年用心栽培,你现在能当医生吗?"

"你要我当医生,是因为希望我为你赚大钱,希望我娶一个有钱的太太!"

"我要你娶一个有钱的太太,也是为了你好! 难道这有错吗?"

我听见妈小声地说:"以前的事别再讲了。"

"为什么不能讲!"爸说。

"就是因为你不听我的话,现在才只是个小医生,如果你听我的,现在就是院长了!"

幻影以狂暴的愤怒来来回回重击着毕瑞纳波斯……

《魔域大冒险》虽然精彩,但外面吵得火热,叫我怎能专心。跳来跳去看了几行,干脆把书丢到床上,竖起耳朵仔细聆听战况。

"我做个小医生,心安理得,要是我当年娶有钱的大小姐,她会让你这样管东管西吗?你早就被她踢到一边了!"

"我现在有比较好吗?她还不是不听我的话?我叫她买便宜的吐司就好,她却买四十元一个的面包要我吃;我叫她出门穿时尚一点,她却老是穿牛仔裤跑出去丢人现眼。她有比较听话吗?"

"妈,你和阿顺讨论事情,别……"妈似乎有话想说。但是奶奶没给她机会,继续开火:"我和阿顺母子不和,还不是因为你在中间挑拨!"

"妈!我知道你不喜欢我,但是我……"妈的声音抖得像拉紧的橡皮筋。

“不用解释那么多,不是你还有谁?”奶奶说。

“妈……我……”

“够了! 不要再说了!”爸说完,“乒!”客厅传来一阵玻璃碎裂的声音。

我条件反射地打开门,冲到客厅,看见爸站在沙发前,龇牙咧嘴,头发竖起来,一双眼睛瞪得又大又圆,活像只准备战斗的恶魔野兽,而他专用的青绿色瓷杯粉碎在地。我从没见过爸这样,吓得下巴差点掉下来。

爸用他的火红眼瞪着我,大吼一声:“你给我滚进去!”

我不是不进去,但不知怎么的,脚好像生了根,紧紧扎进大理石地板里,让我动弹不得。我和爸四目对视,

爸的瞳孔里好像有千刀万箭,"咻!咻!咻!"直往我身上射。我吓坏了,眼泪不由自主泛满眼眶。其实我不是真的想哭,真的,我不是这样没用,但……

"男生不准哭!"爸又射出一箭。

接着,我的四周好像被装上一层厚厚的隔音玻璃,只见妈激动地比手画脚,嘴巴动来动去,却听不见她说些什么。不知道过了多久,妈索性走过来,把我半推半扯地拉进房间。

"砰!"妈把自己摔进椅子里,这时我才如梦初醒,发现自己眼中的泪光竟然跑进了妈的眼底。

爸妈结婚已经十几年了,奶奶始终没喜欢过妈,她一直认为爸的前途是被"这个女人"(也就是我妈)毁掉的。

据说当年,奶奶四处请托,介绍了许多有钱人家的女儿给爸认识。有一次介绍了一位某银行董事长的女儿和爸相亲,爸、奶奶、爷爷和媒人在大饭店里的餐厅等了一会儿后,女方家人终于姗姗来迟。爸左看右看,没看到女孩,心中虽然狐疑,还是礼貌地迎上前,对眼前的女士道声:"阿姨好!"没想到女士笑眯眯的脸,瞬间像被呼了两巴掌一样,又红又涨……接下来的交谈，说有多尴尬，就有多尴尬。

不过对方最终还是对爸很满意，或许因为爸长得帅又是个医生吧！于是，奶奶极力想促成这门亲事，无奈爸不愿意。没多久，爸就认识了妈。可想而知，奶奶对妈有多么不满。

两人论及婚嫁后，奶奶更是百般阻挠，先是要求"合八字"。所谓的合八字，就是将两人的出生时辰列出来，请算命先生算一算，看婚姻是吉是凶。若是凶，奶奶就有"充分的理由"反对这门亲事。

爸当然不会让奶奶得逞，他计划抢先奶奶一步，先拿两人的八字去给算命先生算算看，万一不合，就把妈的时辰改一改，选一个最佳的时辰来骗奶奶。但爸只知道自己的生日日期，却不清楚自己是几点出生的，偏偏这些记录都锁在奶奶房里。这时堂姐早已出生，奶奶怕她捣乱，向来都把房门上锁。于是有一天，趁着爷爷奶奶外出，爸和身手利落的伯父商量，请伯父爬气窗潜进奶奶房里。

伯父身手果然了得，桌子叠椅子，脚一跨，手一撑，腰一缩,整个人就爬了上去,可是伯父已经有点发胖,圆滚滚的肚子竟卡在窄窄的气窗上,两条肥肥短短的腿挂在窗外不断挣扎。

"你到底行不行啊?"爸焦急地看着那两条腿,生怕他栽下来。

"别啰唆! 我是谁? 我可是阿源哎!"伯父最怕人家瞧不起他。

伯父靠着扭腰抖腿,一点一点把卡在窗框的肥肉震进窗子内,像灌香肠一样。接着"砰!"一声巨响,是伯父落地的声音。

顺利进入后,时间一分一秒过去,只听见里面翻箱倒柜的声音。

"找到没有?"爸心急如焚。

"还没啦!"透过墙壁,伯父闷闷地说。

时间一分一秒过去……

"你到底找到没?"爸又问。

"再等一下啦!"

爸守在门口,像热锅上的蚂蚁,直到气窗露出伯父的一条大腿,爸才松了口气。隔天,爸赶紧把两人的生辰八字送到算命先生那儿,结果连找两家,算命先生都说"大吉",他才放下心中的大石头。

没想到奶奶眼看A计划无法得逞,便使出B计划——叫爸的好朋友来规劝。当然B计划又告失败。最后,奶奶竟还使出"一哭二闹三上吊"的杀手锏,想逼爸就范。

爸抵死不从。听爸说,闹到最后,爸和妈差点私奔。爷爷看不下去了,问奶奶:"是娶一个有钱的媳妇重要,还是留住一个儿子重要?"

奶奶才终于弃守,勉强同意两人的婚事。

婚礼前几天,爷爷把妈妈找来单独谈话。他握着妈的手,告诉妈:"雅惠,委屈你了!谢谢你愿意嫁进我们张家,以后要辛苦你了!"

妈当场眼泪溃堤,此后不管受奶奶什么气,她都默默承受下来。也因为这样,妈对爷爷非常好,就像对待外公一样;爷爷也在每次妈被奶奶责骂时,安慰妈妈,就像对待自己的女儿一样。

话说回来,这次吵架,哭的不只妈,奶奶也一把眼泪一把鼻涕地提着行李搬回台北。之后一年,她没和爸说过一句话,有事都靠妈传达,就连她要探望爷爷,也是趁爸上班的时间才来。

写完功课,妈轻敲我的门,我还没来得及开口,她就从门缝探进半个脑袋:"我可以进来吗?"她的声音柔得吓人,像一摊软趴趴的水。妈呀!她这么"尊重"我,我能说"不"吗?

当然,我还没说"可以",妈就已经进来,坐在我的床上。

"昱文,来,坐这!"妈拍拍她的旁边。

我头皮好像被十万伏特的高压电电到,绷紧神经坐下。妈拉起我的手说:"昱文,你今年过完暑假就升上六年级,是半个大人了,妈有事跟你谈谈。你也知道爷爷病了很久,靠一种叫'艾瑞莎'的靶向药物控制病情,这种药的副作用是伤胃。这次爷爷胃出血住院,顺便追踪癌症。今天检验报告出来,医生说,爷爷现在出现了耐药性,也就是说,这种药对爷爷已经没有效果了。医生还说……还说……"

妈说着，红了眼眶。她停顿一下，整理情绪："医生还说，爷爷可能活不过半年，要我们做好心理准备！"

心理准备？是什么意思？如果我们知道人半年以后会死，那他死的时候，我们就不会伤心了吗？我的脑袋"轰"一下，瞬间空白。

"如果爷爷在我们家过世，你会害怕吗？"

上一个问题还没思考，妈又抛出一个。

如果我们家有死人，我会害怕吗？我不知道！我根本没办法思考，觉得脑袋好像被人用棍子狠狠敲了一记，头晕目眩。接着，我脑海里窜出一个画面：爷爷把我抛向半空，再用双手稳稳把我接住，我大笑不止。已记不得当时几岁，只记得爷爷不断地抛我，最后把我扛在肩上。

我侧头，看见妈开始啜泣。我真的不知道如果爷爷死在家里，我会不会害怕。事情来得太快，我甚至没办法咀嚼悲伤的滋味，但此时此刻，感觉一颗心像被扭转的毛巾，又酸又紧，我只有默默地摇摇头。

妈双手环抱我:"乖,这半年,我们一定要让爷爷快乐点!"

隔天是星期三,中午放学,爸妈和我一起去医院看爷爷。

路上妈对爸说:"等一下看见妈,要叫人喔!"

"有你叫她就好了!"爸臭着一张脸。

"无论如何,她总是你妈呀!"

"是我妈就不该希望爸早死。这几十年,我已经受够她了,现在要我和她和好,免谈!"

妈怕爸太大声,引起别人侧目,闭嘴不敢再说。

走进病房,奶奶和临时看护就坐在那儿。看见我们,奶奶一愣,不等妈开口叫人,转身就走到家属休息室。

爷爷眼神涣散地躺在床上,有时往空中抓东西塞进嘴巴,有时又好像和看不见的人说话。爸说爷爷本来只是罹患轻度老年失智,也就是一般人说的老年痴呆,最近因为生理疾病产生"谵妄",所以加重了病情。

其实我不大懂,为什么活在现实与虚幻之间是老年失智的症状。可是我不老呀!我有时也会这样。有一次上社会课,老师一直念课文,瞌睡虫猛往我眼皮钻,忽然,眼前的铅笔开始骂橡皮擦:"你这个邪恶的大坏蛋!"橡皮擦反击:"哈哈哈! 我乃天下无敌,岂是好惹的……"就这样,它们打了起来,"锵锵锵! 咚咚咚!"

正打得难分难解时,"哎哟!"一阵刺痛,天外飞来一只手,敲上我的脑袋。

"张昱文! 你发神经啊!"老师发了狮吼功,"上课不专心,给我到教室后面罚站。"

我真的真的不是故意的,但就是管不住自己的脑袋啊! 爷爷是不是和我一样?

"爸,谁来看你了?"爸指着我对爷爷说。

爷爷睁着混沌迷蒙的双眼,现场安静得诡异,大家都在等爷爷的答案。

半分钟后,爷爷轻轻叹气:"悲哀喔! 怎么问我这么简单的问题! 我怎么可能不知道他是谁?"就在大家松一口气时,爷爷说:"阿顺,你不去学校,跑来这里干什么?"

"爷爷,我是昱文啦! 我……"话才飘在嘴边,爸就拍拍我的头:"算了!别和他争了!"

爸的眼里有一抹灰蒙蒙的暗沉,我低头假装没看见。

爸向看护问过爷爷的状况后,对我说:"昱文,我们先去地下街吃饭,你问奶奶要不要一起去。"

我跑去找奶奶,奶奶说:"你去跟你爸爸说,奶奶不去!"

我跑回病房,爸又说:"你再去问奶奶,要不要帮她带什么东西回来。"

我再跑去问奶奶,奶奶说:"我不饿,你们吃就好了!"

奶奶说话时,肚子突然咕噜咕噜叫起来,声音大到像打雷,她却装作什么事都没有发生。

"去嘛!去嘛!"我说。

"奶奶真的不去,你去跟你爸爸说,奶奶不饿!"我听得出来,奶奶在"不饿"两个字上加强了语气。奶奶想骗谁啊!

其实这种事我早习惯了,每次大人吵架,就叫我们小孩当传声筒。爸妈也一样,明明同在客厅里,一开口就能听到对方的声音,他们偏偏还要"昱文,你去跟你爸说……""昱文,你去跟你妈说……"烦死我了。

有一次我不耐烦地发牢骚:"你们干什么不自己讲?"结果妈泪眼汪汪地望着我,吐出一句:"小孩子不懂啦!"

又说小孩子不懂！其实我们什么都知道,大人就是好面子,不就这么回事儿吗?

在奶奶和爸中间跑来跑去,本来不大饿的,现在饥饿虫从脚底钻进骨髓,让我全身发软,偏偏妈又拉着我再去找奶奶。

妈从皮包里掏出一沓千元钞票,说:"妈,这你留着用吧！"

"养儿不肖,给我钱有什么用? 你拿回去！"奶奶连看都不看妈一眼。

"留着吧！也许爸需要买些什么！"

"那你拿给那个看护,我可不会再拿你们一毛钱！"奶奶的脸冷得像北极的冰山。

我们只好折回去把钱交给看护。可是我们还没走到地下街,就接到看护阿姨的电话,奶奶要她把钱交出来,还说:"别以为这是老板给你的小费！"

第一幕

大家来演一出戏

今天是星期六，上完才艺课，一进家门就从旁边蹿出一个人，大喊："看我的'千年杀'！"然后我的屁股一阵刺痛。

"啊！"我惨叫一声。

不用看也知道是谁，我们全家族只有堂哥张凯文会做出这种卑劣的动作。虽然他和我都迷动漫，但我俩格调可不同。

堂哥今年初二，声音沙哑得像喉咙裹着一层菜瓜布，满脸冒脓的青春痘外加黑头粉刺。他自以为是大人，骨子里却超级幼稚，动不动就用两根食指并起来戳我的屁股，要不就打我的脑袋，叫我"死小鬼"。有没有搞错，他才大我两岁而已。

他姐姐，也就是我的堂姐张婷文，也是怪胎一族。十七岁，高中二年级，参加学校的话剧社，第一次上台公演时演一个死人，竟然还广发邀请函请我们去看。结果我等了快一小时，才看见她夹在一群人中间，拿着泡沫做的刀子冲来冲去。我还没看清她的脸，她就"咚"一声倒在地上，死了！接下来演些什么我也搞不清楚，因为我无聊到睡着了。更扯的是，谢幕时，妈竟然叫我上去献花，献什么呀？不过是演个死人嘛！

后来妈夸奖她："演死人演得很像。"这句话我越想越觉得奇怪。

或许是虚假的好话听多了，她竟然自以为很有天分，之后还立志要当导演。

我觉得我们家好像怪胎工厂，老的、中的、小的都怪到不行。

老的怪人，当然是指我奶奶和爷爷。

奶奶说好听是节俭，说穿了是像铁公鸡一样一毛不拔，把钱看得比命还重要。小时候，某天傍晚我在客厅看书，奶奶忽然"啪"的一声，把灯给关了。

"奶奶！我在看书哎！"我提出抗议。

奶奶没说什么，埋头把餐桌椅搬到门外的电梯前，才向我招招手，用她招牌的台湾腔普通话说："昱文啊！这里有灯，不要浪费我们家的电，以后你看书写功课，在这里就好了！"

还有，听妈说，她刚嫁来张家时，奶奶规定她每天洗衣服的水，除了第一次的肥皂水可以放掉外，其他的水都要接起来另做他用。妈每天为了接洗衣机的水，弄得紧张兮兮，腰酸背痛。有一次时间没抓准，水流掉大半，奶奶捶胸顿足，痛骂她浪费。刚开始，妈当然不敢忤逆奶奶的意思，但时间久了，为了自己的身心健康，奶奶念归念，妈做归做，所以奶奶常常气呼呼地说："你把我的话当马耳东风！"

至于爷爷，虽然他和我们住在一起很多年，但我实在不知道该怎么形容他。这么说吧！他就像空气一样，除非掐住你的脖子,你才会感觉到他的存在。从小到大,他只是默默地带我逛街,陪我写功课。他一个月说的话,没有奶奶一天说的话多。尤其是挨奶奶骂的时候,奶奶可以对着爷爷连环发射两小时,说到激动处还猛喷口水,爷爷却像木头人一样,一动也不动,也不回嘴,往往直到奶奶骂累了,像泄了气的皮球瘫在沙发上,爷爷才起身离开。

中生代最怪的是我妈。她常告诫我"做人要诚实",可自己的言行却充满虚假。有一次,奶奶烫了个爆炸三角头,问我好不好看,我诚实地回答:"丑死了!活像顶个超大御饭团!"妈立刻在我腿上狠狠捏一把,假笑地说:"小孩子懂什么!妈,别听昱文的,这个发型很漂亮啦!"见鬼了!我虽然是小孩,但漂不漂亮会看不出来吗?不过我也不得不承认,我妈实在很聪明,这个答案让奶奶放下心来,不再猛照镜子问东问西。

另一个很怪的组合是我爸和伯父。我爸是医生,长得又高又瘦,每天西装笔挺到医院上班。以前他说话斯文有礼,但自从发现爷爷罹患癌症后,就变得焦躁不安,脾气起伏不定。而伯父身高才一米五，肚子却大到看不见自己的脚丫，经年穿着一条破牛仔裤，香烟盒夹在衣服内，满嘴槟榔嚼得像吸血鬼，脚蹬蓝白拖鞋。他以前说话大声又夹带"三字经"，近两年则变得沉默寡言。这两个截然不同的人，要不是有一张相似的脸，恐怕没人会相信他们是兄弟。

不提他们了！

今天很诡异，我们家族的人竟全员到齐。我说很诡异是有原因的，因为伯父和爸似乎心有芥蒂，讲话卡卡的。而奶奶除了和爸吵架之外，她搬去和伯父住，两人却也不怎么说话。这气氛，让我快憋死了！

伯父伯母本来在摆摊卖衣服，后来生意不好，伯母改去餐厅当服务员，伯父却一直没有工作，整天抽烟嚼槟榔，还常常喝得酩酊大醉。爷爷很担心他们家的经济状况，也担心大伯的身体会变差。

有一次爸和伯父在电话中大吵，我听见爸爸说：

"爸的医药费，我一毛钱都不会向你要，但你就不能去找份工作吗？

"你去找份工作就是孝顺爸了！

"你不要动不动就说我会念书，当医生，所以赚钱很容易。对生活的态度跟会不会念书一点关系也没有，当我在为生活努力时，请问你在做什么？你在打混！在喝酒！

"你还像个男人吗?"

最后爸几近咆哮，摔掉电话。这是在爸和奶奶大吵架之后的事。

我觉得我们家的风水一定有问题，不然大人怎么常常在吵架？吵的又都是一些芝麻小事：像是奶奶要爸多吃一点饭，多穿一件衣服，或爸要奶奶少买腌渍食物，别贪小便宜之类的，什么都可以吵。

奶奶开口，多半在数落家人，或者哭诉自己命不好，不过这次吵得最凶，以致我们全家族，已经有将近一年没在一个场合同时出现了！

今天，大家总算凑在一起。

但是，奶奶坐在单人沙发上，双手交叉，一张满布皱纹的脸鼓得像菠萝面包;伯母坐在另一张沙发上,焦躁不安,不停变换姿势;伯父在阳台抽烟,一根接着一根,不发一语。另一边,堂哥堂姐斗嘴打闹,吵得屋顶快掀掉。整个客厅就像桑拿房,一边冒着滚烫气泡,另一边却透着寒气。

"昱文,回来啦!"妈从厨房走出来,手里端着一盘水果。

"来,来! 大家坐下,有些事阿顺想和大家商量商量。"妈挥着手招呼,"大哥,进来坐吧!"

伯父把烟熄掉,走过来坐在伯母旁边。堂哥堂姐坐在三人沙发上,妈走近,堂姐把屁股往内挪一挪,让个位子给妈。爸则从房间走出来,面色凝重,拉了餐桌椅坐在茶几前。这种状况,识时务者为俊杰,我决定走为上策。

才刚走向房间,妈就把我叫住:"昱文,你也坐下!"

"我?"我用食指指着自己鼻头。

"对,你也坐下,我们要开家庭会议,你当然也要参与!"爸说。

"喔!"我拿了专属的小板凳坐在角落。这种时候一定要选角落,才不会扫到台风尾。

"嗯！嗯！"爸清清喉咙，"事情是这样……"爸的声音因过度紧绷，显得破碎，他再度干咳两声，继续道："趁爸在医院有看护照顾，有些话我想向大家说明，爸的靶向药物吃了一年多，医生说，爸的身体已经出现了抗药性……"

爸的话还没说完，奶奶就抢话："我早跟你说不用给他吃，你偏不听，浪费那个钱……"

爸"呼"地站起来，激动地挥舞双手吼叫："跟你说过多少次，我是医生，不能见死不救！而且他是我爸爸，只要有一线希望，我就不会放弃，就算倾家荡产也要拼下去，你懂吗？你懂吗？"

妈立即制止爸："你冷静点，冷静点！"

伯母也拉拉奶奶的手臂："妈，这个时候不要说那些啦！你就让阿顺把话说完吧！"

奶奶气得猛翻白眼，侧头不再看爸。爸深吸一口气，压抑情绪，把自己再摔回椅子上，用手抹一抹脸，继续道："主治医师说，爸大约剩下半年时间。我今天找你们来，是希望你们有心理准备，也希望你们有空能多来陪陪爸……爸辛苦一辈子，好不容易老来可以含饴弄孙，却被……却被病痛折磨……我虽为医生，却无法……无法救……"爸的声音开始颤抖，脸上肌肉绷得很紧，太阳穴旁青筋浮露。

妈走过去拍拍爸的肩膀。

"阿顺，"伯母说，"你的孝心我们都知道。你不要自责，你越自责我们越惭愧，是我们没用，才放着爸给你一个人照顾，真的很不好意思……"

"大嫂，你别这么说，这是我们该做的。"妈说。

"现在的状况是，爸靶向治疗的药已经失效，吃也是白吃，但如果停药，爸很敏感，一定会知道自己时日无多……爸很怕死，这会让他剩下的日子都很沮丧。"妈又接着说。

"当然是不用给他吃啦！一天两千多块哎！两千多块丢到水里，还会有'咚'的一声，吃到他肚子里，什么反应都没有。"奶奶说。

"我赞成给爸继续吃，我愿意每天花两千多块，换爸的安全感。"爸说。

"你脑袋有问题啊？怎么说都说不听，两千多块可以买很多东西，穷人家可以生活好几天，你却要丢进水里。"奶奶说。

"你又跟我谈钱，你的眼里就只有钱！钱！钱！"爸又吼起来。

"我是为你好！"奶奶气得站起来。

"多谢！"爸声音拉高八度，"不必！"

"这有什么好吵的，"堂哥摊开手，"你们大人怎么这么死脑筋，拿另一种药骗他就好啦！这样既省钱，爷爷也感到有希望！"

每个人都瞪大眼睛。堂姐斜眼瞥一下堂哥，扁着嘴从牙缝挤出一句："哎哟，没想到猪也有脑袋呀！"

"你说谁猪？白痴！"堂哥踢了一下堂姐的脚，堂姐也回踢，两人的脚在茶几下展开一场决斗。

"凯文的点子不错，但用什么药来冒充？"妈说。

咦，爷爷的药？我伸手从脚边的书包里捞出半包 m&m's 巧克力，倒在手心，挑出一颗咖啡色的，递到爸眼前："爸，这颗像不像？"

"嗯，很像！大小也差不多！"爸说一半，突然惊醒似的，摇摇头，"这太扯了！"

"哇！酷耶！狸猫换太子，用 m&m's 冒充，太有创意了！死小鬼，丢一颗过来！"

其实我知道这种场合不适合笑闹，面对爷爷只剩半年的岁月，也感到难过，可是我搞不懂自己，为什么堂哥只要一开口，我明明很厌恶，就是没办法拒绝。我无奈地拿出一颗巧克力，从客厅这头扔向另一头。

糟糕！扔歪了！红色的 m&m's 朝伯父脸上飞过去，说时迟那时快，忽然出现一只手掌，"啪！"正好接住那颗小红点。

"帅吧！"堂哥得意地说，"不是我臭屁，小学时我是棒球队最厉害的捕手！"

"凯文，你给我正经点！"伯父低吼。

妈也狠狠瞪我一眼。我连忙识相地缩脖子，低下头。

穿越时空的
告别

"唉……"爸自顾自地叹气，"用 m&m's？这会不会太奇怪了？"

"这有什么好奇怪的？奇怪的是你们这些大人！叫我们表达意见，我们说了，你们又骂我们不正经。管它是 m&m's 还是 W&W，只要问题能解决，又有什么关系？"堂哥嘟嘟哝哝地说。

"你欠揍是不是？说话没大没小！"伯父正要开骂，奶奶逮到机会，趁机酸一下："悲哀哟！老的没大没小，小的就有样学样！"

伯父的脸瞬间铁青，"呼"地站起来，就想往阳台走。

妈看情势不对，赶紧挥挥手："大哥，坐下来说啦！大家别怄气！药的事改天再谈，我们先谈谈别的。现在我们能做的，就是让爸在最后这半年开心一点，不要有遗憾！"

妈喘口气，停顿一下，又说："我们希望听听大家的意见，既然是家庭会议，每个人都可以有意见，直说无妨。"

现场忽然安静下来，我仿佛听见自己的心跳伴随着丝丝的电流声。

"我可以说话吗？"一瞬间,像有一条拉紧的橡皮筋,猛然打中我的后脑,我不知哪来的勇气,竟然举起手。

声音一出,十四只眼睛立刻射向我,一股麻颤从脚底直冲头皮,我不由自主抖了一下,恨不得有个地洞钻进去。

"昱文,你有话要说,是吗?"妈问。

我真是白痴,小孩子有耳无嘴,跟人家多什么话呀! 我真想敲自己的脑袋,但手都举了,能不说嘛?

"昱文,快说呀!"妈催促着。所有人的眼神像机关枪一样瞄准着我。

我迟疑了一下,鼓起勇气说:"我……我知道爷爷心中有什么遗憾! 因为,因为……有一次爷爷问我,为什么一家人要吵来吵去,不能和和乐乐的?"

我早该想到后果的。

此话一出,所有大人的脸立刻垮下来。

我偷瞄到:爸用疑惑的眼神看着奶奶,奶奶用鄙视的眼光射向伯父,伯父用一副"你有什么了不起"的斜眼瞥向爸爸;连堂哥堂姐的眼神都在空中缠斗;然后,他们一同用想掐死我的眼神看向我。

唉——我死定了! 我觉得有千亿只蚂蚁在啃咬我脚底,边咬边往上爬,爬上我的胸膛,爬上我的脑门,我想抓却不知该抓哪里。

爸深吸一口气,不知是在缓和思绪,还是武装情绪。

他眼底射出一道火光燃烧我的脸。

我的脸从两颊瞬间红到耳根。

我缩起脖子弯起腰,把自己缩小,缩进小板凳里。

"破镜难重圆,我们家不可能和乐了!"爸说。

"是呀! 子女不孝,这个家怎么可能和乐? 人家讲,养猪上灶,宠子不孝! 我就是一辈子做牛做马舍不得你们受苦,才会把你们宠坏,到

头来两个儿子都不跟我说话。举头三尺有神明,你们对得起良心吗?我的命怎么这么苦?我看,这个家庭会议是白开了,你们爸爸的心愿永远不会达成,反正人死就死了,还管什么遗憾不遗憾!"奶奶的声音像带着锯子。

伯父"呼"一声又站起来,伯母赶紧拉着他的袖子:"别这样,坐下啦!"

"这种话,听得下去吗?"伯父说。

"大哥,忍一忍,有话好说嘛!为了爸,忍一忍,拜托!"妈双手合掌地哀求。

爸也好不到哪里去,他拼命深呼吸,一呼一吸间把胸膛弄得像鼓风炉,脸颊绷得像钢铁人,上唇紧咬下唇,把嘴唇咬出紫红色的血痕,两只手因紧握拳头而微微颤抖。每个人都剑拔弩张,像脚踩地雷,随时有引爆的可能。

这时堂姐竟然开口了:"你们不用真的和乐融融啊!"

"什么意思?"伯母说。

"就是我们来演一出戏嘛!观众只有爷爷一个人。"堂姐又说。

"白痴!"堂哥白眼一翻,抖着二郎腿。

"我看你是想演戏想疯了!"伯母说。

"这次我不只要演戏,我还要当导演!"堂姐的眼睛闪闪发亮,手掌平放胸前,好像要致金马奖最佳导演的感谢辞一样。

"神经病!"堂哥说。

"我没有神经病,是他们有神经病!"堂姐好大的胆子,竟然用食指指着大人们,"你们明明知道爷爷的心愿就是一家和乐,嘴巴上却不承认;你们想完成爷爷的心愿,又不愿放下彼此的怨恨;你们一个个心底充满矛盾挣扎,你们心里都有病!"

"你好大胆子,轮得到你来教训我们?"伯父指着堂姐破口大骂。

"家里还不够乱吗?你小孩子也来凑热闹,煽风点火!"伯母一边拉着伯父,一边责骂堂姐。

奶奶发出一声冷笑:"哼!"

"是你们说大家都可以说话的,我只是说出真心话。"堂姐丝毫不畏惧。

"老姐,你真带种。"堂哥拍拍堂姐的肩。

堂姐有了后盾,索性起身开讲:"你们大人就是这样,又爱又恨又不敢说真话,投胎做一家人却吵吵闹闹,互相折磨。既然两难,干脆就演一出戏,送爷爷安心走后,大家爱怎么吵再来吵! 不然,爷爷如果知道他躺在医院,你们还在这里吵架,会有多伤心啊!"堂姐双手交叉胸前,满脸涨红。

"对啊!"堂哥抬起下巴参战,"我和老姐虽然会斗嘴,但也会和好,再怎么吵,我心里还是认定她是我老姐,但是你们呢? 天天吵! 有完没完?"

顿时,所有人的嘴巴好像被塞进一颗拳头似的,只发出一堆咿咿嗯嗯的杂音。

渐渐地,大家安静了下来……无声……沉默……

家庭会议,就这样结束了。

第二幕

"好戏"上演

　　今天是爷爷出院的日子，一放学我就赶快冲回家，连刘杰毅找我玩蛇板，我都拒绝了。一进门，妈把食指放在嘴唇上："嘘！小声点，爷爷在睡觉。"害我紧急刹车，差点跌个狗吃屎。

　　我踮起脚尖，一步一步慢慢走到爷爷房门口。

　　门内窗帘拉上，房间阴暗，爷爷躺在床上。平常他睡觉都会发出呼噜呼噜的打呼声，但今天异常寂静，只有被子下的胸部有规律、虚弱地起伏着。

　　爸爸坐在床边，背对着门，把脸埋在左手的手掌里，右手握着爷爷的手,用指尖轻捏抚弄爷爷的骨节。我看见爸爸的肩膀微微抖动着,不自觉停下了脚步,连呼吸都变得小心翼翼。我突然发现爸爸的肩头仿佛扛着千斤重担,连腰都被压弯了,鬓角边的几根白发显得特别惨白。

爸坐了很久,断断续续的啜泣声满溢出来,淹没我的胸口。我感受到爸爸的心像一艘在汪洋中的孤舟,有一种沉重却又漂浮的感伤。我知道爷爷是爸爸的天,就像爸爸是我的天一样。天如果塌了,该怎么办?

原来,大人也会感到无助。

两天后,爷爷的状况好些了,但是依然郁郁寡欢,搞得爸坐立难安,一下子问他想吃什么,一下子又问他想看哪一台电视节目,还下载了许多日本老歌给爷爷听,但爷爷眼中始终写着落寞,食欲不振,连妈妈买来他最爱的生鱼片也不吃一口。

又过了几天,爷爷索性连饭都不吃,也不开口说话了。

其实我们都知道爷爷在想什么。爷爷和奶奶最大的不同,就是当他们的期待落空时,奶奶是用折磨别人的方式发泄情绪,爷爷则是折磨自己。

"爸!你哪里不舒服?可不可以告诉我?"妈说。

爷爷不言不语,没有看妈妈。

"爸!"妈声音加大,"你说话好不好?"

爷爷还是不言不语,眼睛茫茫地看着前方。

"爸!是我做错了什么事吗?你告诉我好不好?你不要这样!"

爷爷还是不言不语,只有眼皮偶尔眨一下。

最后妈急了,端着一碗半凉的稀饭,竟在爷爷的面前边哭边骂:"爸,你为什么这么不珍惜自己……我们拼了命地想救你,你却这样对待自己!"

妈啜泣着:"我……我知道你在想什么,可是你……你……你就不能想想我们的感受吗?你折磨自己,不怕阿顺心疼吗?不怕……不怕我……我心疼吗?"

说着,妈低头不断擦拭眼泪——长这么大,这是我第一次,也是唯一一次看见妈对爷爷大小声。

这时,爷爷忽然像复活般动了一下,伸出枯槁的手握住妈,说:"乖孩子,这跟你一点关系都没有! 不管怎样,我和阿顺的妈总是夫妻,生活了一辈子,我想要她回来!"

爷爷长叹一口气,轻轻摇摇头,接着又说:"我饿了!"

妈赶紧拿起汤匙喂爷爷。爷爷顺从地一口一口吃,妈的眼泪也一行一行地从脸颊流下。

晚上我拿联络簿给爸签名,一个"张"字,爸竟然签了老半天。

忽然,他放下笔,若有所思地问:"你觉得我应该和奶奶、伯父假装和好,来骗爷爷吗?"

"爸,你犹豫不决的并不是骗不骗爷爷这件事,而是不想面对奶奶和伯父,对不对?"

爸没有反驳。

"你常常教我:做事要分轻重缓急。现在这个状况,什么是'重'? 什么是'急'啊?"

爸看看我,苦笑一声,伸手摸了摸我的头:"昱文,你长大了,爸小看你了。"

接着,爸拿起电话,和颜悦色地请奶奶搬回来住,同时告诉伯父,他准备趁下个月爷爷生日举办寿宴,邀请所有的家族成员同来祝贺。

隔天一早,奶奶就以胜利之姿回来了。

爷爷一听见奶奶的声音,立刻撑起虚弱的身体颤颤巍巍地走过来,一脸春风,还试图伸手接过奶奶的行李。

"免啦! 自己走路都走不稳了。"奶奶说着,搀扶爷爷走进房间。

妈赶紧趋前接过行李。

之后,为了营造大和解的假象,妈竟然把我推出去当马前卒,未经我的同意,就帮我和爷爷奶奶报名参加学校举办的"祖孙情活动"。

活动是在星期六,虽然奶奶是个难相处的人,但可以少上一次小提琴课,我还是勉强接受。

活动当天,我们家浩浩荡荡去了四个人,爷爷、奶奶、妈妈和我。一进校门就遇见同班同学吕姿仪,她一脸兴奋,真不知她在高兴什么,这种活动不就是给低年级的小鬼和大人玩的嘛?

果然不出我所料,节目都是一些唱唱跳跳的活动,还问我们知不知道爷爷奶奶的名字,答对了,就送"喜羊羊"贴纸一张。拜托!我快六年级了耶!竟给我这么幼稚的东西。我根本不想回答,但是奶奶一直推我,要我举手。我用眼神向妈求救,没良心的妈,不但见死不救,还假装没看见,拿着相机不断变换角度,帮我们拍照。

最扯的是其中一项比赛:每一组派一对祖孙,每位小朋友背后站三位爷爷或奶奶,他们分别伸出手让小朋友摸,猜出谁是自己的爷爷或奶奶的,就获胜。我们这组派我,我想拉爷爷去,可是奶奶说:"爷爷很虚弱,坐在位子上就好,我陪你去。"

爷爷也一直敲边鼓:"去啦!去啦!爷爷耳朵重听,你和奶奶上台比赛。"

其实这是爷爷的借口,我知道爷爷喜欢躲在角落看热闹。

走到讲台的路上,奶奶一边装作若无其事和别的奶奶点头招呼,一边撇着嘴轻声说话,就像侦探电影里的间谍一般:"记得,等一下你摸我时,会给你做暗号,这样你就知道是我了!"

　　"不好吧! 这样是作弊耶!"我惊讶地抬头看奶奶。

　　奶奶面带微笑,眼睛直视前方,嘴唇裂个小缝,压低嗓子从缝里含含糊糊地说:"没关系啦! 这样才会赢啊!"

　　"干吗一定要赢? 不过是个游戏而已。"

　　"嘘! 有人在看我们了!"奶奶赶紧就位。

　　走到场中,我的背后站着三位奶奶,其中一位还是吕姿仪的奶奶。唉! 人生有很多无奈! 我把手往后伸,第一只手肥肥嫩嫩,但手掌大,关节粗,重要的是她只是轻轻握了我一下。第二只手也是肥肥嫩嫩,手掌厚,手指长,她在离开我的时候用指尖在我的掌心抠了一下。我心想:"中了! 就是这只。"第三只手我根本没仔细摸,反正我已经知道答案了,没想到她在握的同时,偷偷捏了一下我的手背,"哇勒! 这是什么情形啊! 怎么有两个人给我做暗号?"

　　主持的老师装可爱地问:"同学,谁是你的奶奶呀?"我冷汗直流，心里不断想着："二号？还是三号？二号？不不不！三号？又好像不是……"最后，我一咬牙，嘴里蹦出："三号。"

主持老师宣布答案："答——错了！"

一回头，看见奶奶站在正中间，一脸铁青。

走回座位，奶奶的脸臭到像吃到老鼠屎，我想我就是那颗超级无敌霹雳大的老鼠屎。坐隔壁的老奶奶安慰道："没关系啦！现在的小孩跟我们不亲是常事啦！以后常摸就摸得出来了！"

这算哪门子安慰？不安慰还好，一安慰更糟，奶奶狠狠瞪我一眼，从牙缝小声挤出："你是故意的吗？"

"没有啦！那个三号奶奶也偷捏我的手，所以我不知道哪一个才是你啊！"我也小声地说，因为要压低声音，喉咙紧得好像有人勒住。

"骗人，她捏你干什么？"

真是秀才遇见兵，有理说不清。偏偏搞不清楚状况的妈，在一旁举着相机一直说："来来，笑一个！笑一个！""来来，爷爷坐中间，你们三个合照一张！"

结果那天的照片,爷爷笑得嘴巴快咧到耳后,而我和奶奶像妈祖旁边的千里眼和顺风耳,因为奶奶瞪着暴怒的双眼,眼珠都快掉下来了;我则气到耳根发热,活像两片红烧猪耳朵。

第三幕

狸猫换太子

爷爷坐在床上,五官像小笼包般挤成一团,牙根咬紧,牙缝中嘶嘶作响,一边喊着:"我的脚受伤了!"

"爷爷!"我惊呼,"你的脚怎么会受伤? 要不要紧? 我叫妈帮你擦药!"我边说边翻开爷爷的裤脚管,左看右看,看不见伤口。

"爷爷,你是哪里受伤?"

"被树枝刺伤的。你可不可以叫我阿兄来,我想回家。"

"回家?"我说。

"你不用理他啦!"这时奶奶走进房间,"他脑壳又短路了!"

"我阿兄在番石榴园的另一边,你快叫他来背我回去,不然等番石榴园的主人来,我们就惨了,会先被抓起来打,然后抓回我家向我阿母告状,阿母又会拿棍子再给我们一顿打。快!快叫我阿兄来!"

"好,我马上去找你阿兄,你阿兄长什么样子?"我说。

"憨孙,你爷爷脑壳短路了,你跟他凑什么热闹? 他阿兄早就和他一样,脑壳空空!"奶奶用普通话和闽南语夹杂着说,还用食指点一点太阳穴。

虽然奶奶一直强调爷爷失智,可是我觉得他比较像使用哆啦A梦的时光机穿越时空,只不过他是同时处在过去与现在之间,因此让一般人无法理解——虽然我也不大理解,但我想,七十二岁的爷爷或许真有个百宝袋。

我决定成全爷爷,于是转身冲出房间,双臂平伸充当机翼,飞过客厅,再飞过我房间、爸妈房间……全家飞了两圈后,再飞回爷爷身边降落,气喘吁吁地说:"我……我……我找不到你阿兄,你……你先到我家,我帮你包扎伤口,好……不好……?"

爷爷用力点点头："唉！你叫什么名字？你人真好！"

"我叫张昱文，六十年后你就会认识我！"我说。

爷爷茫茫然地看着我，显然听不懂我的话。我把他的裤管拉高，用刚才从客厅药柜拿来的纱布把他的小腿肚胡乱捆一捆。

"昱文，你跟着爷爷发什么神经？"奶奶说。

"奶奶，你不懂啦！"我懒得解释。

这时，爷爷忽然拉拉我的袖子："哎！你后面的女人是谁呀？"

"你是说她吗？"我指着坐在椅子上一直没起来的奶奶。

"不是，是站在你后面的那一个！"

我背后？我反射性地立刻转头，背后只有一团空气，顿时觉得毛骨悚然，一阵麻颤从脚底爬升到脑袋。

"爷爷，你在说什么呀？"我立刻把头转回来。不转头还好，一转回来，竟看见爷爷直冲着我的背后傻笑，还伸手越过我的头顶，仿佛拿了什么东西塞进嘴里，发出"啧啧啧"的声音，笑得好开心，说："她给我一颗糖。"

"妈呀！"我再次回头，背后依然只有空气，但耳边忽然飘过一阵凉风，像是有人用嘴巴靠在我耳边吐气一般。瞬间，我感到阴风惨惨，寒气直窜心窝，头皮仿佛吃冰吃太快一般，急速冷冻，脑浆被一把冰钻锥刺着。

我赶紧扶爷爷躺下，自己一溜烟跑走。

一整天，我一直觉得全身发毛，好像有人跟在我后面，连上厕所都要妈守在门口，那是有史以来我大便最快的一次。

爸说，失智的患者，本来就可能出现记忆障碍、时空错乱、幻听幻视的情况，有时甚至像精神错乱，要我别想太多。但我不管，晚上硬是挤在爸妈中间，不过还是梦见一个长发青面的女人一直追着我说："这——颗——糖——给——你——吃——"说话时血红的舌头几乎垂到胸口，边说话舌头还边晃来晃去，我吓得差点尿床。

其实，除了这一次以外，全家算起来，我是最能接受爷爷有这种转换时空"特异功能"的人。爸虽然是医生，但面对自己的爸爸变成这样，还是非常伤感。

有一天，爷爷对着爸说："你是谁呀？"

爸愣了一下："我是阿顺哪！"

爷爷想了老半天："我好像见过你,知道你对我很好,但是我不想待在这里,你可不可以带我回家?"

爸的眼中闪过一丝落寞,也许这样的情况他早就预料到,只是不愿承认。

"阿爸,这就是你家呀!"爸说。

"这哪是我家!我家门前有棵芒果树,每年夏天,树上就会结满一丛丛的青芒果,我和阿兄会爬上树。我昨天就吃了一颗,好酸哪!"爷爷说着,眼睛皱成两条线,身体还抖了一下,好像青芒果的酸涩正捆绑着他的舌根。

"先生,你带我回家好不好?"爷爷又说。

爸轻叹口气："唉!竟然叫我先生!"

"爸,爷爷现在已经跑回六十年前,六十年前的他当然不认识你呀!"我说。

爸沉思了一会儿,皱着眉头专注地看着我问："昱文,如果几十年后,我也变得不认识你,你会不会难过?"

这下换我沉思了。

我侧头想了一下："嗯!也许会,也许不会!我也不知

道。"

　　我想了一下又说："不过……记不记得谁是谁很重要吗？到时候反正你记得我是一个好人，对你很好，而你又愿意和我在一起就好了！更何况，那时候你的灵魂穿越时空回到过去，我就变成你小时候的同伴，陪你一起玩，不也很好？我觉得爷爷现在的记忆就像放风筝一样，他在天空飞，你在地面扯，搞到最后两边精疲力竭。你为什么不干脆放他自由飞翔，虽然线断了，但飞累了他自然会回到地面来。嗯……也或许你陪他一起飞，这样你的心会好过一点。"

　　"也许你说的有道理，"爸摸摸我的头，掉下眼泪，"如果有一天我不再记得你，你会不会像过去一样爱我，就像我现在爱你的爷爷一样？"

"当然会的,爸爸!"我连忙伸手帮爸擦眼泪,自己的眼泪却也忍不住掉下来。我想,爸的心中肯定也有一颗青芒果。

爷爷穿梭在过去与现在之间,当他回到过去时,很多事情随便骗骗他就可以解决,可是一旦重返现在,有些事情麻烦就大了。

爷爷肺腺癌的药已经吃完,从今天起要用m&m's代替。一大早,妈到超市买了一包,偷偷躲在房间,先把咖啡色的挑出来,然后拿一颗放进嘴里,喝一大口水准备吞下去。

"妈! 巧克力这样吃很浪费耶!"我说。

"扑哧!"妈瞬间把含在嘴里的水喷出来,喷得像天女散花一样,满空水珠,"都是你啦,跟我说话,害我差点呛到。"妈拍拍胸脯,顺顺气。

"巧克力哪有人这样吃的!"我不服气地反驳。

妈嘴巴咀嚼着,把没吞下去的巧克力吃掉,继续说:"你不懂,我先试试看吞不吞得下去,以免被爷爷发现。"说着,又拿了一颗。

“怎么样?”我问,“吞下去了吗?”

“你小声点,不要让爷爷听见。”

“不会啦!爷爷重听,这么远,听不见啦!用m&m's代替真药,酷耶,就像堂哥说的'狸猫换太子'!”

妈摇摇头:“不行,明知道是巧克力,就是没办法硬吞,舌头自然而然会去舔它。”

想想也是,要我硬吞也不可能,这么好吃的东西硬吞下去多可惜。我拿了一颗蓝色的放进嘴里,蓝色是我的最爱,我喜欢让滑不溜丢的巧克力在舌头上滚动,然后再跑到镜子前伸出蓝舌头,翻白眼,双手十指扭动,做出一副鬼样子。

妈尝试失败后,很慎重地把爸找来,扒开他的嘴巴,丢进一颗假药丸。

“怎么样?”妈问,“吞下去了吗?”顺手自己也吃了一颗,喃喃自语:“嗯,还不错!”

“不行,一碰到舌头就吃出甜味,这样会穿帮。我真是脑袋短路才会听你们的建议,我看还是买真药吧!”爸压低声音。

“这一时半刻到哪里买真药?就算你托药商代买,最快也要一星期啊！"妈想了一下又说，"你医院里的药有千百种，要不要找一种来代替？"

"怎么可以！"爸说，"医院里的药都是处方药，不能随便拿，再说以爸现在的身体，也不可以随便乱吃药啊！我看……等一星期就一星期吧！"

一听爸这么说，我正要拿一颗m&m's放进嘴里的手定格在半空中，万一改成真药，我就没得吃了。这些大人真是脑袋不转弯。

我走过去把妈手中的咖啡色拿了一颗，往爷爷的房间走去。

"昱文，你干什么，被发现就糟了！昱文！昱文！你回来！你给我回——"

我假装没听到，快步走到爷爷床边。妈的前半句话还飘在空中，后半句只好吞回肚子里。她拉着爸，两人急步跟在我后面。

我走到爷爷旁边，爷爷勉强牵动嘴角，算是给我一个微笑。

"爷爷,吃药喽!"我先让爷爷含着一大口水,接着说,"啊!"

爷爷打开嘴巴,露出里面的小水塘。我把药一丢,爷爷头一仰,药就顺着水滑进喉咙里。

爸妈两人像石像般杵在一旁,四只眼睛瞪得都快掉出来:"爸,吞下去了吗?"两张嘴巴异口同声,还微微打开。

爷爷点点头。

"怎么样?"两人又问。

"什么怎么样?"

爸"呼!"吐出一口气,和妈互使一个眼神:"没事没事!"爸用力摇摇手。

"没事,只是问爸今天好不好。"

爷爷看了他们一眼,不以为然地说:"你们两个是吃错药啦?"

龙弟虎兄

为了让爷爷的脑袋留在现在的时间多一点,爸最近常搬出以前的相片让他看,说是可以延缓老年失智。

这天晚饭后,爸不知又从哪搬出几本八百年前的相册,当成爷爷的复习功课。

一翻开相册,一股湿湿霉霉,外加粉尘的气味立刻从扉页中漫入空气。爷爷深吸一口气说:"喔!这就是时间的味道!"爸微笑点头,不知是同意爷爷的说法,还是对爷爷今天的脑袋很满意。

我很不识相地说:"时间有什么味道?这相册臭死了,就像一颗烂橘子。"

"昱文,你还小,不懂!"爷爷说,"当一个人剩下的时间不多时,任何回忆都会是美好的回忆;就像如果有一天,你的鼻子再也闻不到味道时,就算是烂橘子,你也会怀念的!你懂吗?"

我知道我说错话了,没有反驳。

"昱文你看,这张是你大姑婆帮你爸爸、伯父做新衣服时拍的。"爷爷说。

"我记得,"爸指着相片对我说,"姑婆那天摆着一张臭脸,因为袖子太长,她想改短一点,但是你奶奶百般阻挠。你奶奶把我们的袖子往上折了好几折,还说'不会太大啦!这样可以穿好几年咧!'。才怪!我们明明穿得像演布袋戏一样。"

"咦,"我疑惑地问,"爸爸,你从小就比伯父高呀?"

"是啊!他只大我一岁,我却比他高半个头,现在就更不止喽!"爸笑着说。

"好奇怪,你是弟弟,瘦瘦高高像根竹竿似的,伯父却矮矮胖胖像颗肉球;人家是龙兄虎弟,你们却是龙弟虎兄!"我说。

爷爷又拿起另一张相片说:"这张是你爸爸初中当选模范生时拍的。"爷爷停顿了一下,思绪飘在过去,但这次与"哆啦A梦的时光机"无关,他的嘴角泛起微笑。

爷爷说,爸跟伯父不只身高差异很大,连个性都大不相同。爸从小乖巧,做什么事都很认真;伯父就不一样了,他很聪明,可是心思都不放在功课上。有一天,邻居告诉奶奶,说看见伯父和一群不良少年在堤防边抽烟,他们才赫然发现伯父学坏了,还经常打架闹事。

"那都是过去的事了!"爸爸说,"因为你伯父的关系,我当班长当得特别顺利,班上调皮的同学都认为我有'靠山',所以我只要看他们一眼,他们就吓得半死,乖乖听话。最厉害的是模范生颁奖那天,司仪叫到我的名字让我上台领奖时,台下的放牛班顿时响起一片欢呼,还有人鼓掌、吹口哨,吵得差点把礼堂的屋顶给掀掉。训导主任透过麦克风,一直叫大家安静,但那些人根本不理。你不知道,我从台下走到台上,虽然短短的距离,却觉得好像走了一世纪这么久。当选模范生的不止我一人,但所有人的目光都盯着我瞧。我觉得很不好意思,我有这么有名吗?呵呵!"

爸竟然笑起来。我好久没听见爸的笑声了。

"他们还一起大喊'张宗顺,你好棒!',那场面真是壮观又滑稽。后来我才知道,原来是你伯父特地动员一、二、三年级所有的放牛班帮我鼓掌。从此我的名声可以说是'轰动武林,惊动万教'。有一次,我到训导处找主任办事,遇见一位被罚站的三年级学生,他抖着脚,眉毛一边高一边低,斜着眼对我说:'嘿!你就是阿源的弟弟对不对?没想到阿源会有个当模范生的弟弟!'"

"是啊!阿源一直以有你这个弟弟为荣!"爷爷说。

爸眉头抽搐了一下,低头不语,假装翻看其他相片。

"唉!同一个妈生的,怎么个性差这么多。"爷爷用力喘几口气。他难得精神这么好,调整好气息后继续说:"不过兄弟就是兄弟,人家讲'打虎抓贼亲兄弟',你们身体里流着同样的血呀!记不记得有一次放学,一台摩托车闯红灯,差点

撞到你,你气得踹摩托车,和骑士吵起来,那个骑士满脸横肉,说要揍你?"

"我记得那次,"爸终于又开口,"我也不知哪来的胆,竟然敢踹摩托车,只知道当时全身的血冲到脑袋,脸一涨,头一昏,就一脚踹上去,然后我才看清楚,他的手臂上刺龙刺凤,嘴里嚼着槟榔,还叼了一根烟。他骂了一串'五字经',把槟榔渣和香烟喷到地上,举起拳头就挥过来,还好我跑得快。不过他也立刻拔腿追来,我不敢回头,但感觉他越追越近,因为我听到一连串的'别跑！有胆别跑！'的咒骂声，而且越来越近。我拼命跑，跑得腿都快软了，忽然看见阿源和一群小混混在一起，他同时间也看到了我，不用我开口，他大吼一声：'有人打我弟，你们给我上！'一群人立刻冲过来，情势瞬间逆转，那个骑士只好往回逃。我停下脚步，看见他被阿源一群人围在中间拳打脚踢，没多久就抱头鼠窜了。"爸轻哼一声，瞳孔盯着那一张模范生的相片，眼神有一种难以言喻的纠结。

"我一直忘不了在路口看见阿源的那一瞬间，心中浮起一种……一种无法形容的感觉……是……是……"

"是心安！"爷爷接口。

"阿顺，那是一种心安的感觉，就像我和你伯父小时候去人家果园偷摘番石榴，被狗追，偏偏跑一半又被树枝刺到脚。那时候，我看着血从小腿肚流出来，狗叫声又越来越近，吓都快吓死了，还好你伯父很快就拨开草丛跑回来救我。我心里的感觉，就像你看见阿源一样，就是心安！虽然以后还是常常吵架，不过我永远不会忘记，我们是兄弟！"

爸沉默不语。

"阿顺啊！你和阿源从小个性不同,可是从来没有大吵过。这次吵架也不是为了什么大事,为什么不能和好?"

"我就是气他不负责任啊！每天窝在家里不去找工作,让你这么操心……"

"我确实是操心,但是你和他吵架,我更心痛啊！人家讲'家和万事兴',家要先和,万事才会兴;不然就算万事兴,家不和也没有意义。阿顺,从小你就最听话,爸是快死的人,你可不可以……"

"爸,你不要这样说,"爸阻止爷爷继续讲下去,声音顿时哽咽,"我是医生,我会用最好的药治疗你,你会活到一百二十岁……"

"唉……"爷爷一声长叹。

爷爷，生日快乐！

　　爷爷生日快到了，本来爸决定办寿宴，邀请所有亲戚来，但奶奶嫌铺张，而且奶奶说，我们台湾人不喜欢过生日，因为怕遭天妒，会提早"回苏州卖鸭蛋"（过世之意），最后只缩减成我们自己家族聚餐。后来，奶奶和爸又为了到哪里吃饭吵了一架：奶奶说在家吃比较省钱；爸爸说到外面吃方便省事。坦白说，我比较喜欢到外面吃，因为奶奶喜欢把炸鱼的剩油拿来煎肉，再把煎完肉的锅子拿来炒菜，到头来一桌子菜全是同一个腥味，偏偏她还不让妈煮，嫌妈煮饭方式太浪费。结果大部分的菜没人吃，剩饭剩菜一热再热，最后统统倒进垃圾桶。

其实,以前奶奶住这时,我几乎没有饿到,因为饭后妈都会假借散步的名义,和我偷溜去吃东西。当时我觉得妈很虚伪,干吗不直接跟奶奶说,可是妈总回答:"唉!你不懂,我们大人有很多苦衷!以后你长大就会知道。"

不过还没等我长大,就体会到了。有一次,奶奶不知是哪根筋不对,还是早怀疑我们背叛她,饭后硬要和我们一起去散步。我和妈的脸上立刻出现三条线。

"奶奶,我早上在学校跑了三圈操场,脚好酸,今天我就不散步了!"我边说边把身体瘫在沙发上,装出一副快死的样子。

"那……阿惠你陪我走一走!每天关在家里,我都快发霉了!"

"啊!"妈的下巴差点脱臼。最恐怖的是,她用充满杀气的眼神瞪着我,上牙还咬着下嘴唇。

我正想脚底抹油开溜,才一转身,妈从牙缝像挤牙膏般,一个字一个字挤出来,以至于声音扭曲得丝丝响:"昱文,一起去嘛!奶奶难得和我们一起去散步呀!"

"是嘛!昱文和奶奶一起去!"奶奶说。

"好吧!"我无奈地跛着脚走过去。

我瞥见妈的眼中闪过一丝邪恶的光芒,嘴角还有一抹胜利的微笑。

走到巷口,面摊飘来阵阵可恨的香气,不争气的肚子不自觉地"咕噜咕噜"猛叫。好死不死,面摊老板大老远就吆喝:"小弟! 今天要吃饭还是面呀?"

我和妈全身僵硬得像木头人一样,脸皮微微抽筋,假装什么都没听见。那个不知情的老板竟然更大声地问一次,我只好像个白痴一样呵呵呵傻笑,差点忘记要跛脚。

"谢谢喔! 不用了! 我们今天吃得好饱!"妈一边假笑,一边抚摸着肚子。

妈说谎的功力真高,脸不红气不喘。不过奶奶更高段,她脸上若无其事,但声音显然压着怒火问:"这家面摊好吃吗?"

"呵呵! 还好啦!"妈的脸像被高压电电到一样,不断地抽筋。

从此以后,我和妈晚饭后再也没有出来散步过。

话说回来,爸和奶奶为了到哪吃饭吵了一架,结果没输没赢,虽然结论是到外面餐厅吃,但地点由奶奶选。奶奶选了一家她以前去过,按盘子计价的自助餐厅。她说:"吃多少,算多少,一点都不浪费! 我以前和气功班来聚过餐。"她还特别交代所有的人:"拿菜前先看价格,同样价格的,挑大盘一点;如果有免费的餐点,就尽量给它吃到饱!"这点我倒是不反对,因为餐厅里免费的大多是饮料和冰淇淋。

到了餐厅,爸和伯父只有冷冷地点个头,不过他把堂姐拉到一边去:"婷文啊! 你爸有糖尿病,这张纸回家后交给你爸。"

堂姐打开影印纸,挑起一边眉毛说:"糖尿病忌吃的十二样食物? 他就在那,你干吗不自己交给他?"

"我是希望你先看看,然后在家管制他,爸爸都最听女儿的!"

"才怪!"堂姐嘟着嘴,"根本是你不好意思交给他。你们大人真奇怪!"

"好啦! 好啦! 就当帮叔叔一个忙嘛!"

堂姐撇撇嘴,把纸收进口袋。

另一边的堂哥还没坐定位就跑去看菜色。他一看见牛排,眼睛燃起两把火,正要伸手,"啪!"手背就被打了一下。

"吃什么牛排？猪排就好！歪嘴鸡也想吃好米！"奶奶把嘴巴靠近堂哥的耳朵，窸窸窣窣地耳语，"不要拿椭圆形的盘子，拿圆形的就好！"

　　"为什么？"堂哥声音高八度地惊呼，惊动了四周的客人。

　　"你小声点啦！"奶奶拉拉堂哥的衣角，"圆形的比较便宜呀！笨！"

　　"既然出来吃饭，就要吃自己喜欢的……"堂哥话还没说完，奶奶眼看堂姐走过去也拿了一盘牛排，一把把她拉过来，端起盘子就把它放回去。

　　"奶奶，你在干什么啦？"堂姐说。

　　"奶奶只准我们吃便宜的！"堂哥扁嘴，挤着眼，不屑地从嘴角爆出几个字。

　　"当然吃便宜的就好，你们这么好命吗？落土八字命，谁叫你们不投胎做医生的小孩！人家的爸爸是医生，你们的爸爸没头路耶！只靠你妈赚几个钱……"

　　干吗扯到我！奶奶就是这样，吃饭就吃饭嘛，扯那么多干什么？而且每次明明就是在说我，偏偏拐个弯说什么"人家”不“人家”的。说“人家”，“人家”就听不出来指的是哪个“人家”吗？

堂姐酸酸地说：“是啊！奶奶，我和凯文命不好，不像‘人家’的爸爸是医生，我们干脆吸空气就好，空气不用钱，还免费赠送汽机车排放的废气和人家放的屁！”她说“医生”两个字时特别咬牙，还狠狠瞪我一眼，说完，赌气地坐回位子。

“你，你越来越大胆，敢跟我一句来一句去！”奶奶正要责备，转头一看，堂哥拿了两盘牛排，气得鼓起腮帮子，“你……你……”

“你有没有一点骨气啊！”堂姐双手交叉在胸前，对着堂哥说。

“她说她的，我吃我的，干吗和自己的肚子过不去？管她那么多，我就偏要吃！”堂哥切下一块牛排放进嘴里，夸张地用力咀嚼。带血的肉汁从他嘴角流下，活像吸血鬼一样。他拉起袖子一抹，又“咂咂咂”地大口吃起来，还一边“啧啧啧……嗯嗯嗯……”地赞叹不已。

堂姐的毅力和骨气被一阵阵的香气和堂哥的吃相瓦解。奶奶还在一旁晓以大义，不过，她也很忙，一会儿要阻止伯母，一会儿要规劝堂哥，忙得满餐厅跑。堂姐趁隙拿了一盘牛排和一盘生鱼片，都是椭圆形盘子的。奶奶看大势已去，累得坐在椅子上，一个人絮絮叨叨地诉说浪费的坏处和大家都不懂她的苦心。

只有爷爷默默坐在奶奶旁边，拿着一个圆形盘子装的寿司，低头猛吃，偶尔抬起头，把盘子推到奶奶面前，说句："气死验无伤，不要管那么多！吃吧！"

奶奶气得翻白眼，对眼前的食物视若无睹。我想真正吸空气就会饱的应该是奶奶，不知她有没有吸到免费的废气。

最后要结账时又发生一件事：伯母在椅子下发现几个盘子。

"这是……"

"嘘，别说话！"奶奶给伯母使个眼色。

"妈，你这是干什么啦？"伯母脸露不耐。

"叫你别说话就别说话，没人会把你当哑巴！"奶奶说。

爸看见奶奶和伯母两人脸色不对,问:"什么事?"

奶奶装作若无其事地说:"没什么,吃饱就该回家了,叫小弟来结账吧!"

伯母使了一个眼色,爸顺势往椅子下一瞧。这一瞧不得了,爸的脸色比吃到大便还难看:"妈,这是做贼的行为,抓到会被捉去关进警察局的!"

奶奶侧身狠狠瞪伯母一眼:"你很大方嘛!是你们花钱请客吗?"

伯父一听,脸色一阵青一阵白,转头对着伯母说:"你今天有带钱出来吗?"伯母摇摇头。

伯父又对着爸说:"阿顺,你先帮我结账,钱我改天给你!"

"这根本不是谁结账的问题啊!"爸说。

"可是这种饭,我吃了实在很痛苦。"伯父咬咬牙根。

"哥,你别理妈的话!"

奶奶翻个白眼,轻哼一声,变个语气对爸爸说:"不会有事啦!被抓到就说盘子是不小心掉下去的,到时照价给钱就好啦!如果没被抓,就是我们赚到了。你知不知道,我们这一大家子吃这么多,要花多少钱?"

"你又来了! 我花不起这个钱吗? 就算没钱,也不能做这种事呀! 花不起就不要吃,吃了就要付钱!"爸说着弯腰要捡盘子,奶奶伸手抓住爸的手腕。

"我是帮你省钱耶! 我是你妈,为什么你每次都要跟我唱反调?"

爸试图把奶奶的手拨开,奶奶又再抓上去,两人的手在椅子下过招,我猜一个使出的是"八卦六十四掌",另一个是"铁块拳法",谁输谁赢恐怕要大战个几回合才见分晓。

堂哥翻翻白眼:"你们这样很机车①耶!"

"我不会骑机车,连脚踏车也不会,你不要跟我啰唆那些有的没的。"奶奶一边骂堂哥,一边和爸过招。

这时爷爷开口说话:"我们一家难得一起吃饭,不要吵吵闹闹,不行吗?"

"叔叔,"堂姐靠近爸,小声地说,"不要和奶奶吵了,不是说好要演一出'家和万事兴'的戏给爷爷看吗? 今天爷爷生

---

① 台湾闽南语中用来骂人的话,指人的言行令人有不悦或不顺眼的感觉。

日,让他快乐点吧!你看,爷爷看你和奶奶吵架,难过得说不出话来!"

爸转头与爷爷四目对望,爷爷适时地猛烈咳嗽起来。爷爷咳嗽是爸爸的罩门,爸爸立即卸除武装,靠近爷爷身边拍拍他的背。

这时妈竟然开口说:"我去上个洗手间。"然后神隐在转角。哇!什么时候不尿,偏偏选在这个时候!有时候,我觉得妈是天底下最奸诈的人!不久,妈笑眯眯地回来,好像刚刚什么事也没发生过,紧接而来的是服务生。

我们还没有个结论,服务生已经站在桌旁清点餐盘。每个人心理都没有准备,像中邪一样,神情恍惚:爸焦躁地边拍爷爷的背,自己也忍不住咳起来,堂哥堂姐呆若木鸡,伯母一直双手互搓,我也紧张得连鼻子都忘了要吸气。大家眼睛看着服务生和蔼可亲的笑容,真怕她瞬间就变成毒蛇猛兽把我们给吞了。我脑袋浮起我们一家被警察抓走的画面,搞不好电视台记者还会追着爸问:"你是医生,为什么要偷窃?""现在你有什么感想?"然后我们就拿着外套遮住脸,一直跑一直

跑……如果被同学知道,天哪! 我干脆死了算了!

时间嘀嘀嗒嗒过去,我的心脏叮叮咚咚地撞击胸膛,我仿佛也听到爸的胸口在打鼓。奶奶还算镇定,只是她的笑容好像刚从冷冻库拿出来,脸颊嘴角还渗着小小的水珠。

走出餐厅,所有的人都"咻!"松了一口气。奶奶的声音最嘹亮,一直夸赞这家餐厅的菜色好,味道佳,直说下次还要再来。在车上,她竟还从皮包里捞出两个椭圆形的盘子和偷偷打包的五只烤鸡翅、一罐可乐,真是被她打败了。

她笑眯眯地把可乐塞进我手里。我是很想喝啦,但接到妈一副"你敢喝就死定了"的眼神后,那罐可乐就像发烫的铁块烧着我的手。(直到一个星期后,趁妈忘了这档事,我才把那罐可乐拿出来喝掉。)

当晚,爸趁奶奶洗澡时交给爷爷一个红包:"爸,这是阿源给你的,祝你长命百岁!"

"他怎么会有钱?"

"他说他最近打了不少零工,多少赚了一些。"

"那他干吗不自己拿给我?"

"他怕你不收呀！又怕你担心，问东问西，所以干脆叫我转交。"

"哦！"爷爷低头看着红包，不再吭声。

爸把红包对折，放进爷爷的枕头底下："快收起来，免得被妈发现，妈一定会啰唆个老半天，然后把红包没收。"

爷爷无奈地笑笑："是啊！她把钱看得比命还重要，再不收起来，我就只剩下红包袋了！"

睡前，在爸妈的房间里，爸说："服务生清点餐盘的时候，我简直快吓死了！"

"别怕！"妈说着，把一坨乳液往脸上抹，"她决不会抓我们，因为呀……"她故意停顿一下，挑挑眉，"我事先塞了三千块给服务生，告诉她，多出来的给她当小费！"妈得意得眉毛都飞起来了。

哇！妈也太神了！记得妈曾经跟我说："诚实虽然很重要，但是有时候，'虚假'却是必要之恶！"以前我不大明白，现在好像有一点点懂了！

第六幕

爷爷不见了

　　我正与戴着面具的男人，在一片旷野中展开一场生死搏斗。他拥有一双血般的红眼，这双红眼具有超能力，能把人吸进另一个空间里，万世不得超脱。不过，当他使用这项超能力时，同时也暴露了自己的弱点，我必须趁这个空当，展开反击。千钧一发之际，我腾空跃起，使出"引爆符"，企图将面具男吸进这道符咒，忽然……

　　"昱文，你醒醒！"

　　我勉强撑开眼睛，看见半空中一个黑幕铺天盖地地迎面而来，然后"噗！"地盖上我的脸。

穿越时空的
告　别

"快起来！把外套穿上，快！爷爷不见了！"

"什么？"我顿时清醒，整个人跳起身，"你说爷爷不见了？"

"对，我们去警察局报警，你爸和奶奶要到附近找找看！"看妈着急的样子，我不禁想到，刚刚才梦见面具男把人吸到另一个空间，爷爷就不见了，难道……

客厅里，奶奶不断啜泣："我本来以为他起床放尿，哪……哪……哪知道，他一放尿……放了半天。后来……后来我去厕所看，没……没想到人……人就不见了！客厅的大门还……还打开的！"

"好了，妈，别哭了，这时候找人要紧！"爸说。

这次爸勉强把奶奶请回来，但他和奶奶的情况并没有改善多少，爷爷清醒时，爸就在他的面前和奶奶敷衍两句，若爷爷坐着时空机跑到过去，爸就和奶奶形同陌路，所以奶奶还是常常哭哭啼啼地向爷爷诉苦，说她是个苦命没人要的孤单老人。不过今天爸的语气分外温柔，不像是演戏。

"脑壳都短路了还乱跑，万一出事情怎么办？"奶奶哭得一把眼泪一把鼻涕。

爸拍拍她的肩膀："现在想这些都没用，我们赶快出去找人吧！"

爸和奶奶像箭一般射出门。我和妈坐上车，一边找人，一边到警察局报案。

我从来没有这么晚出门过。外面的街道空荡荡的，昏黄的路灯透着一股诡异阴森的光芒，偶尔疾驶而过的车灯，像飘忽半空的鬼火；行道树摇摆着鬼魅般的躯体，秋风呢喃，低语着"来吧——来吧——过来吧——"像是对着哪一个倒霉鬼招魂。路旁沉重的阴影仿佛一个个戍守地狱之门的牛头马面，令人不寒而栗。我不觉打了个寒颤，鸡皮疙瘩爬满全身。

"妈——"我一开口，连自己都吓一跳，声音抖得像拉紧的橡皮筋。

"咳……咳！"我假装咳两声，清清喉咙，"妈，现在是农历七月，爷爷……"

"别乱说！爷爷没事，只是失智症发作，找到人就好了！"

妈的声音也微微颤抖，还夹杂着浓浓的鼻音。我想妈压抑的是另一种恐惧。

"反正你给我瞪大眼睛仔细瞧,说不定会看见爷爷!"妈又说。

我怕都怕死了,但为了找爷爷,我不敢多说什么。

车子在黑暗中缓慢行进,我的心提在半空,那种心情就像等待发考卷一样。

路上偶有行色匆匆的人,不过大多是年轻人,有些三三两两地聚集在超市前聊天打屁。车子慢慢滑进比较热闹的市街,路旁面摊灯火通明,几张桌子坐满食客,其中几人手舞足蹈地比画着酒拳。

"应该把爷爷的相片带出来,这样才可以沿路问人。"妈妈说。

忽然,我瞥见红砖道上蜷躺着一个人。"妈! 你看!"我指着前方大叫。

"天哪!"妈惊呼。

也不管红灯不红灯,妈加足马力把车冲过去,连方向灯都没打,一个蛇行,就把车往路边切过去,紧急刹车。我们俩的身体往前俯冲了一下。车停在一旁,妈和我立马奔下车,三步并两步地跑过去。那个人全身蜷缩成一个"S"形,头埋在两臂之间。

"爸,你醒醒!"妈伸手推推爷爷。

爷爷一动也不动。妈急得用力推,爷爷还是不动。

这时一阵冷风吹过。

"爷爷一定已经死了!"顿时我感到惊恐、悲伤、不舍,整颗心像灌了铅块似的,直往下沉,眼泪也不自觉地汩汩而下,"爷爷! 你不要死! 爷爷! 你不要死!"我用力摇晃爷爷的双腿,声音在黑夜中,回荡出一股凄怆悲凉。

"你别乱说!"妈大声怒斥。她深吸一口气后又推推爷爷:"爸! 爸!"

忽然,爷爷动了一下,接着倏地坐起身,吓了我和妈一跳。妈差点跌坐

在地,我也连连倒退几步。

"我睡个觉,吵什么吵啊!"声音含糊,像含了颗卤蛋一样。

妈呀! 我的眼珠差点爆出来,下巴卡在一半无法开合。我瞥一眼妈,妈的表情和我一样,双眼紧盯着前方,前方的另一双眼也正瞪着她。

妈的嘴唇颤抖了老半天,结结巴巴地吐出几个字:"你……你你你……你是谁……谁呀?"

"我才要问……问你是谁呢!"眼前陌生男人摇头晃脑,"呃……呃……老子睡个觉……吵什么吵……"

空气中弥漫一股浓浓的酒味,夹杂着酸臭。这时我们才发现眼前的男人身形虽然有点像爷爷,但衣裤破旧,应该是个酒醉的游民。

"抱歉,认错人了。"我和妈立刻站起来要离开。没想到他一把抓住妈的手臂:"小姐,你是谁呀?"

妈歇斯底里地尖叫,双手乱挥,甩开那个男人的手,死命拖着我逃命。

我们用跑奥林匹克运动会的速度冲进车子,"呼——

呼——呼——"车内顿时响起彼此的喘息声。我的心脏打鼓似的怦怦响，把胸口撞击得猛烈震动，血液瞬间涌进脑门，造成脑袋肿胀，血管暴突。

我突然忍不住狂笑："哈哈哈哈……哈哈哈……哈哈哈……"笑到全身颤抖，笑到喘不过气。

接着，妈也开始笑。

"哈哈哈……哈哈哈哈……"

"哈哈哈……哈哈哈哈……"

"哈哈哈……哈哈哈哈……"

不知过了多久，我们的笑声逐渐平息，又只剩下喘气声："呼——呼——呼——"

"我们两个是白痴啊！"妈说。

"是啊！你还摇着他的身体说：'爸！你醒醒！'"我故意声音拉尖，学妈的样子。

"你还不是很白痴，哭得一把眼泪一把鼻涕地说：'爷爷，你不要死啊！'笑死我了。"

"更扯的是你们俩大眼瞪小眼，他还问：'小姐，你是谁呀？'"我眼前浮起当时的画面，忍不住又笑两声。

"昱文！"妈忽然正色，"我警告你，这件事不可以跟你爸说，他会笑我一辈子，我一生努力维护的聪明形象就毁于一旦，知道吗？"

"放心啦！放心啦！"我停顿了一下，"可是，可是，爷爷到底跑到哪里去了？"

"对！我都忘了要赶紧找爷爷了！"妈又叫了起来。

发动引擎，妈再次把车子射进黑暗的街道里，一路狂奔，最后停在警察局门口。

酷耶！从来没进过警察局，不知道那些警察长得像不像电影里虎背熊腰的战警，可以腾空飞起，一边挥拳，一边掏枪射击，坏人一次躺下八个；不知道里面是不是有一间间的监狱，关着长相怪异的大坏蛋……真希望同学们都知道我进过警

察局,这样他们就会一整天围着我问东问西,说不定连隔壁班的也会围过来。

一进门,服务台的值班警察才站起来,还没开口,妈就看见爷爷坐在里面的办公桌旁。

"爸!"妈奔过去抱着爷爷,"你怎么会在这里?你把我们吓死了!"妈惊呼着,哭了。

妈好奇怪!爷爷搞丢时,她咬牙拼命压抑情绪,现在找到了,反而像小孩子一样大哭起来。

爷爷把妈的头抬起来,专注地看着她,说:"小姐,你是谁呀?"

又是这句!妈"扑哧!"地笑出声,眼眶还挂着泪珠。

"我是你的媳妇,阿顺的牵手①,记得吗?"妈吸吸鼻涕,拉起袖子抹掉眼泪,继续说,"我们回家吧!"

"阿顺的牵手?阿顺又是谁呀?"爷爷疑惑地翻翻白眼,"可是我要找我阿兄!"

"爸!伯父在彰化!现在很晚了,夜晚天气凉,我带你回

---

① 台湾闽南语,是妻子的意思。

家好不好?"

"回家?你为什么要带我回家?小姐,你是谁呀?"

妈无奈地摇摇头。她没看过哆啦A梦,不知道哆啦A梦的时光机就是这样。最后妈打电话给爸,然后爸和奶奶坐出租车赶到警察局,半哄半骗,才把爷爷弄回家,结束了这场爷爷失踪记。

过程虽然精彩,但是剧情太过冲击,我竟然忘了观察警察局的模样,害我错失一个可以和同学臭屁的机会。不过,很高兴爷爷回家了。

第七幕

穿越时空的记忆

经过一夜折腾,爷爷的身体状况急转直下,不但咳嗽越来越严重,有时稍微动一下就气喘吁吁,前天甚至连睡二十四小时,不吃不喝,还在半梦半醒间呼喊着伯公和死去亲友的名字。奶奶哭号着爷爷快死了,爸则静静坐在爷爷床边,看着一叠又一叠的老相片。

这时,老相片似乎已不是爷爷的"复习"功课,而是爸的。爸把其中一张紧紧揣在手里,相片里的爷爷把爸高高扛在肩头。爸小小的脸庞露出既紧张又兴奋的笑容,爷爷则仰头看着爸,嘴角微微上扬,这画面我似曾相识。

好不容易在大家千呼万唤下,爷爷终于醒来,但魂还飘在过去,一直叫爸是"先生",妈是"小姐",奶奶是"欧巴桑"……

对我,倒是一直叫我一个名字——牛屎明。奶奶解释:牛屎明是爷爷小时候的邻居,因为家里养牛,身上常常有牛屎味,所以被取了"牛屎明"的绰号。

一天中午,爷爷把抽屉翻得乱七八糟。

"爸,你在做什么呀?"妈问。

爷爷招招手,示意妈把耳朵贴过来。他用手遮住嘴巴,小声地说:"小姐,你离那个小孩远一点,他是个贼!"

"贼?"妈提高声音。

我莫名其妙地指着自己的鼻子:"贼?"

"嘘——不要这么大声,会被他听见!"

"他偷了你什么?"妈用充满杀气的眼神看着我。

"他偷了我的糖果!"

"喔,糖果啊!"妈如释重负,我也松了一口气。妈又说:"爸! 昱文没有偷你的糖果!"

"乱说！就是他，他叫牛屎明，每次都是他！"

我走过去，伸手搭在爷爷的肩上："兄弟，我没偷你的糖果啦！"

"昱文，你怎么这么没大没小？"妈责备着。

"妈，你不懂！不是我没大没小，是爷爷现在的脑袋里已经没大没小了，你看，他还叫你小姐呢！"

爷爷用力把我的手甩开："你走啦！你很臭，而且每次都偷我的糖果！"爷爷咬牙切齿地看着我。

虽然现在的爷爷不是真的爷爷，但他说我是小偷，仍然让我很介意。我回房拿出半包m&m's："我没有偷你的糖，只是帮你收起来。"

"你疯啦？干吗拿那个给爷爷？万一他发现平常吃的是假药，怎么办？"

"不会啦！"我嘴里这么说，其实心里有点担心，但我管不了那么多，我希望爷爷不管在哪个时空，我都是他最爱的人。

爷爷眼睛专注地盯着m&m's，想了好一会儿，然后眼神茫然，小声地问："我阿兄呢？我要找我阿兄！"

爷爷有一个姐姐,一个哥哥。姐姐就是帮爸爸和伯父做衣服的那位姑婆,大爷爷五岁,几年前已经过世;哥哥就是我的伯公,大爷爷三岁,现在七十五岁,住在彰化老家。爷爷家务农,六岁那年父亲过世,生活在大家庭里吃喝不成问题,但曾祖母和姑婆忙着农事与家务,所以爷爷几乎是伯公的跟屁虫,一起吃喝,一起玩耍。

伯公早爷爷两年就得了老年失智,虽然他育有两儿两女,但孩子都在外地工作,照顾伯公的重担落在伯婆一人肩上。

听说有一次伯婆带着他坐火车北上探望长子,没想到他竟把自己关在车厢的厕所里老半天,搞得其他旅客大排长龙,怨声载道。刚开始伯婆动之以情,问伯公是不是身体不舒服,是不是便秘或者拉肚子,但伯公在里面吭也不吭一声。接着大家狂敲门,差点把门给拆了。

大家你一言我一句,有人说:"他会不会在里面中风,死了?"也有人说:"说不定他没买票,怕被查票,开窗跳车逃

走!"更有人说:"听说这节车厢曾经发生命案,所以……"最后还是列车长拿钥匙开门。

开门的刹那,所有人都瞪大眼睛,屏气凝神。当门大开时,只见伯公坐在马桶上,说:"你们在干什么?不要吵我看电视!"

还有一次伯婆带他去看医生,本来还好好的,轮到他看诊时,他忽然不知道哪根筋不对劲,拔腿就跑。护士见状,追过去大喊:"你不要跑,快回来!"

医院保安见状也追过去,一旁候诊的病患家属以为在追逃犯,也加入围捕行列,形成一纵队人马在医院里狂奔,越跑人越多。说也奇怪,伯公一双老腿,那天竟变成了飞毛腿,搞得大家上气不接下气。好不容易追到,一堆人左边架着,右边拉着,后面推着,七手八脚把他弄进诊疗间,结果医生的听诊器还没放到他的胸口,他就扯开喉咙大喊:"杀人喽!杀人喽!救命呀!"吓得外面的病人脸一阵青一阵白。从此以后,伯婆尽量不带他出门,两个老人家守在乡下的古厝①里。

　　也许是很久没见面,爷爷想念自己的哥哥;也或许是他根本困在错乱的时空里。不管是哪一种原因,总而言之,爸爸决定趁爷爷身体尚堪负荷时,在元旦连续假期带爷爷回彰化老家,顺道探访一些亲戚朋友,而且是我们全家族一起回去。

　　当然,爸爸和奶奶又少不了一顿争吵。

　　奶奶说:"你是发疯啊!那要花多少钱?两个脑壳短路的人,见不见面有什么差别?"

---

① 台湾闽南语中厝是房子的意思。

爸爸说:"你不要一直说爸脑壳短路。他有时是清醒的! 何况不清醒也没关系!"

奶奶又说:"你口口声声说爱你爸爸,他现在身体越来越差,你还要带他出远门。"

爸爸反驳:"就是因为他身体越来越差,我才要带他出去。我希望从今天开始,他的每一天都过得有价值,他所希望的每一件事,我都会尽全力帮他完成,哪怕倾家荡产我都愿意,你懂吗? 他是我——爸——爸!"

第八幕

返乡之旅

　　奶奶嘴里虽说怕花钱，心里还是蛮兴奋的。前几天，她就到菜市场买了一堆鸡翅、炒米粉的馅料和水果。她说："到餐厅太贵，我们在车上吃就好，而且小孩子最爱吃我的卤鸡翅了！"

　　小孩子？是指我喽？好吧，随便啦，奶奶的卤鸡翅确实是她做的所有的菜里最好吃的。不过我还是不懂，奶奶处处精打细算，为什么却要花大钱买好几个礼盒。奶奶的说法是：爸爸是医生，在社会上是有身份有地位的人，回家乡当然不可以失面子啦！

出门当天，一大早伯父全家就到我们家集合。趁着奶奶到美容院洗头还没回来，爷爷拿出一个红包："阿源啊！这是我生日时，你给我的红包！你拿回去。"

"我给你的红包？"伯父瞪大眼睛，声调提高。

"是啊！这不是你托阿顺交给我的吗？"

"啊！"爸忽然大叫一声，接着干咳两声，背向爷爷说，"嗯……嗯……是啊！这不是你叫我交给爸的吗？你不是说前一阵子打零工赚了点钱，可是钱不多，不好意思拿给爸，要我帮你转交吗？"

"叔叔，你的眼睛抽筋啊？干吗一直眨呀眨？"堂哥说。

"闪一边去！大人讲话，小孩插什么嘴！"伯父说。

接着他也挤眉弄眼，然后勉强向爸挤出一个浅浅的笑，转头跟爷爷说："喔……是啊！爸，我不好意思交给你，只好拜托阿顺转交！"

"唉！你有工作我就放心多了！"忽然，爷爷剧烈咳嗽，咳得好像肺脏都要爆裂开来。爸和伯父赶紧靠过来，一左一右护卫着爷爷。

"爸！你还好吗?"伯父边说边拍爷爷的背。

"爸！你要不要先躺下?"爸说。

我赶快倒一杯水过来:"爷爷,喝水!"

爷爷接过杯子,等咳嗽缓和一点后,仰头把水喝光,喘了几口气,继续道:"我没事,一时半刻死不了,别担心!"

爷爷抓起伯父的手,把红包塞进他掌心:"阿源啊！我现在这样也花不了什么钱,你留着,等孩子大了,还有很多钱要花呢！你要记着'要做牛,不怕没犁可拖。'只要你愿意吃苦,不怕找不到头路,知道吗?"

"爸！你放心,我会努力工作。"

"好,好,红包拿回去吧!"爷爷拍拍伯父的手。

忽然,奶奶高八度的声音传过来:"你们说什么红包不红包啊?"

奶奶、伯母和妈的身影出现在门口,三人都梳了新发型。奶奶又是那颗"御饭团"头,整个人顿时高出十厘米以上,而且这颗"御饭团"上面涂了厚厚的发胶,别说是摇头晃脑,就算遇到狂风暴雨,恐怕都不会变形。

她们的出现吓坏所有的人，伯父手足无措，赶紧把红包塞进口袋。

　　"哎呀！奶奶，"堂姐故意走过去，挽起奶奶的手臂，甜甜地说，"我们是在讨论，如果是过年的时候回古厝，我们小孩子就可以赚很多红包了！"

　　"哎哟！我怎么没想到！"奶奶哀号了一声。

　　哇！堂姐真不愧演过舞台剧，虽然只是演个死人，毕竟见过大场面，说起谎来脸不红气不喘，我开始觉得她真的有演戏天分，说不定哪天还真可以当上大导演呢！

　　接着奶奶把藏在柜子里，快要发霉的名牌包包拿出来；戴上几年前妈买给她的珍珠项链和珍藏的金戒指、金手环，还在脸上画上眼线，涂上腮红。

　　堂哥一看立刻瞪大眼睛："啧啧啧！奶奶，圣诞节已经过了耶！"

　　"你这是什么意思？"奶奶问。

　　"你好像一棵圣诞树喔！"堂哥说。

　　"你不说话，没人把你当哑巴！"奶奶翻翻白眼，停顿一下后,用手指指堂哥和堂姐,"我警告你们,回彰化后不要给我乱说话,如果有人问起,不可以说你爸爸没工作,听到没有?"

"没工作就没工作,有什么好丢脸的? 至少我妈有工作呀! 我们又不偷又不抢!"堂哥翻翻白眼说。

伯父一脸不悦地转头走进厕所。伯母尴尬地说:"妈! 有啦! 他有工作啦! 只是你最近都住阿顺这,不知道而已。"

"哎呀! 我是他的老母,会不知道他的个性吗? 人家是'有心打石石会破',他是'无心做事半路废',不出三天,保准他会辞职!"

终于上路,我们一行人共开两辆车,伯父借开我们家的四人座小车,爸开七人座休旅车。当然,奶奶绝不会忘了把她的食物分成两份,甚至还包括两条湿毛巾,两包卫生纸,外加两个垃圾袋。

一上高速公路没多久,奶奶就问:"昱文啊! 你要不要吃鸡翅?"

天啊! 我才刚吃过早餐耶!

"谢谢！我现在不想吃！"

"那你要不要吃水果？我今天买的苹果三颗一百块，很好吃喔！"奶奶把削好的苹果推到我面前。

"我也不想吃水果！"我摇摇手。

"那……雅惠，你拿一些喂阿顺。"奶奶又把苹果推到前座。

"你别喂我，我现在不想吃！"爸说。

奶奶停格在半空中的苹果仿佛从淡黄迅速变成了黑色。她悻悻然，干脆把苹果塞给爷爷："那……给你吃啦！"

爷爷最配合，乖乖打开嘴巴，用心地咀嚼："嗯，真好吃。"

"我就说好吃嘛！"奶奶终于找到知音。

有时我真搞不懂奶奶。她关心人的方式似乎只有吃饭睡觉，只要不跟人家吵，她的话里十句有九句是"你饿不饿？"或"还不快去睡觉？"，让我常常觉得自己像猪一样。

一路上，爷爷的眼神泛着光彩，吃着奶奶喂食的鸡翅和炒米粉。我很久没看见爷爷胃口这么好了，也很久没看见奶奶这么高兴。奶奶一下子叫别人吃东西，一下子和爷爷聊天,一下子又告诉我爷爷老家的事。

"昱文,我跟你说,爷爷以前住的四合院,房子虽然不小,可是总共住了二十几个人,吃饭要分两桌,男人一桌,女人和小孩一桌,煮饭的灶有这么大,"奶奶用两只手臂圈出一个大小,"光是煮饭炒菜就要两个小时,可是菜一上桌,没两分钟就被扫光光。那个时候喔,要吃饱都不容易,哪像你们这么好命,这个不吃,那个不吃……"

忽然爷爷说:"快一点,我要大便!"

"大便?"所有人异口同声,惊叫起来。

其实,大便原本没什么了不起,问题是爷爷现在已经有点失禁,大便、尿尿常常说来就来。尿尿还好,可以用尿壶解决,大便就没那么方便了,偏偏爷爷又不喜欢用"包大人"。什么是"包大人"? 就是成人纸尿片啦! 他说屁股会痒会长红疹,坚持不用。

"你不是早上才大过便吗?"奶奶气得两颊鼓鼓的,"真是找麻烦耶,大便也不大干净。快! 快! 快找个地方让他大便!"

爸马上把车加足马力往前冲,切左边方向灯,往左边超车闪过一辆;再切右边方向灯,往右边超车闪过一辆;接着一辆又一辆。

"哎哟！阿顺啊！你爸大便虽然很急,但是生命重要,你开车不要那么猛啦！我心脏都快跳出来了！"奶奶边说,身体边随着车子左摇右晃。

"是啊！老公,你别开那么快啦！"妈说着,身体像喝醉酒一样。

"不快不行！"爸说,"放心,我开车技术不错。雅惠,打手机给大哥,叫他在最近的交流道下高速公路！"

"慢一点啦！慢一点啦！如果因为一坨大便出车祸,会让人家笑到下巴脱臼！"奶奶说。

"不会啦！"说着,爸又想往左边超车。左边是一辆货柜车,坚持不让。忽然,"叭！"巨大的喇叭声波灌进耳膜,吓了大家一跳。

"夭寿喔！"奶奶咒骂,"吓死人！"

接着空气中弥漫一股干屎味,夹杂着刚才的鸡翅和炒米粉的味道,令人作呕。

"爷爷，你大出来了是不是？"我暂停呼吸，连嘴巴都紧闭，忽然怀念起鸡翅单纯的气味。

"真是找麻烦！早说过不要让他出门！"奶奶在爷爷肩头打一下。爷爷一紧张就开始剧烈咳嗽，越咳嗽状况越糟。你知道的，人一咳嗽腹部就会收缩，随着收缩，肠子就会蠕动，一蠕动就会……所以啦……车子里的味道越来越浓。

只见爸默默把所有的窗户打开，随之而来的是此起彼落深呼吸的声音，仿佛诉说着："呼，得救了！"

下高速公路后，所有的加油站好像故意捣蛋，全躲起来了。我们边东张西望，边听着奶奶骂爷爷。我虽然不喜欢这个味道，但我了解爷爷不是故意的，好想帮他说话，面对奶奶的连珠炮，却不知如何开口。爷爷头垂得低低的，眼角似乎泛着泪光，我心中忽有一种酸酸的感觉。爸没说什么，只是回头看了爷爷一眼，可能也不想和奶奶对呛吧。

好不容易找到一间土地公庙，爸赶紧停车，下来扶爷爷。

我看见爷爷下车前，爸伸出双臂抱了一下他，在他耳边轻声地说："爸！没关系，换条裤子就好！"

爷爷勉强牵动嘴角，眼神缓缓垂向胸前。

爸、妈和奶奶把爷爷扶进厕所后，伯父的车子才姗姗来迟，大家趁机下车松松筋骨。

堂哥走来我们的车子问："死小鬼，你的游戏机借我玩一下！"

"可是我塞在行李箱底，很难拿出来耶！"其实我是故意不带在身上的，因为他会美其名曰来"借"走，却霸着不还。

"喔。"堂哥撇撇嘴，翻翻白眼。

忽然他又说："咦，这里怎么掉了一个香菇？"他顺手从爷爷座椅下捡起一个黑色圆形物体。

我还搞不清楚他说什么时，就听见他惨叫一声："啊，大便！"

第九幕

不欢而散

  台中雾峰是我们的第一站,拜访的人是本名叫刘世明的"牛屎明"叔公。他初上小学时因为台湾腔普通话,把自己的名字念成"牛屎明",再加上身上始终有股浓浓的牛屎味,大家便用这个绰号叫他,后来干脆直接改成台湾闽南语发音。

  牛屎明与爷爷的情谊原本非常浓厚,近几年因为大家各自年老体衰或孙儿缠身,较少联络。这次爸爸打电话给他,他对我们的即将到访非常高兴。

  车子开进一条不算热闹的小路,转了几个弯后,巷口一位老先生不断向我们招手,爸也把车窗摇下来向他回礼。

“他就是牛屎明啦！”奶奶说。

“牛屎明？奶奶，你不是说他瘦得跟猴子一样吗？现在他看起来，体重比我们全家加起来还重！”

“不要乱说，等一下给我规矩一点，要像一个医生的小孩，听到没有？”奶奶说。

“医生的小孩是怎样？”我问。

“就是像有身份的人啦！”

“有身份的人是怎样？”

“嗯，”奶奶停顿一下，声音突然拔高，“你是学凯文一样，跟我一句来一句去，是不是？”

“不是啦！我是真的不知道做医生的小孩应该要怎么样呀！我又不认识其他医生的小孩！而且我也不懂什么叫‘有身份’，我们小孩子又没有‘身份证’。”

“气死人，有身份就是……嗯，要怎么说……”奶奶头微微往上仰，努力思考着，“就是有钱人的意思啦！”

“哦！我知道了，我有个同学的爸爸是流氓，开跑车，所以他爸爸也是‘有身份’的人！”

"你拿流氓跟医生比？有够憨的啦！反正你除了打招呼，其他都不要说话，乖乖坐好，不要像屁股长虫就好了！"

"哦，只会点头，不说话，乖乖坐好，这就是'有身份'的小孩。那……有身份的小孩就像笨蛋一样嘛！"我碎碎念着低声回嘴，小心不让奶奶听到。

车子停妥后，堂哥靠过来在我耳边低语："哇！我猜他最喜欢吃小孩子，尤其是未满十二岁的，肉最嫩！"

"你很烦耶！"我把他推开。

明知道他在胡扯，还是让人感觉毛毛的。

牛屎明叔公整个人几乎是圆形的，大饼脸好像一团肉球被踩扁，五官集中在脸部中间，像饼上的几粒芝麻。他眯眯眼，樱桃小口，双下巴，没脖子，水桶肚超级大，两条腿像插在贡丸上的竹筷子。当他用力挥手时，全身的肉抖动得像快痉挛似的，说有多诡异就有多诡异。更恐怖的是，他热情得吓人，看见我时，竟展开双手紧紧把我环抱起来，悬吊在半空中。我的脸陷在他软绵绵的肚子里，差一点闷死，有那么一刹那，我真怕自己被这团肉吸进去。

　　"呵呵呵！你这几个孙子真可爱！"牛屎明叔公接下来想抱堂哥，被堂哥一闪身躲掉。

　　"没礼貌！"奶奶斥喝，"也不学学人家！"

　　又是"人家"！

　　至于牛屎明婶婆，虽然没有很胖，不过长得有点像动画片《我们这一家》里的花妈，两人的笑声都很夸张。

　　一阵寒暄后，牛屎明叔公搀扶着爷爷，牛屎明婶婆牵着奶奶的手,一起到他们家去。

他们家就是一般的公寓房子,客厅很小,我们大队人马根本塞不进去,伯父一家趁隙溜走,其实奶奶也没有很愿意他们留在现场,因为只有我们才是奶奶脸上的发光体,也许这就是"有身份"的人必须付出的代价——赔笑脸。

"招弟啊!你记得吗?阿雄有一次到你上班的诊所守了三天,结果被你骂到臭头,你怎么赶他,他都不走。"

"对呀!真是厚脸皮,我都跟他说'我有爱人了!',他还死缠着我!"奶奶说着,瞪一眼爷爷,继续说,"有一次,我约他在彰化火车站,故意让他等好几个小时,看看他会不会死心,没想到等到太阳下山,我经过那里,他竟然还站在原地,当时真是好气又好笑。我问他:'如果我没来,你会怎么样?'他说:'那我就一直等到你出现为止啊!'你看,天底下竟然有这种憨人!"

牛屎明叔公笑着说:"等久就赢呀!呵呵呵!"

爷爷坐在一旁傻笑。牛屎明叔公和奶奶的对话,好像跟他一点关系也没有。

我知道奶奶以前是护士，可是奶奶书读得不多，没听说她念过护士学校。

我疑惑地问："奶奶，你们乡下也有护士学校啊？"

"以前哪里有什么护士学校，都是从当学徒开始，就像修理汽车一样，学久了自然就会了。你不知道奶奶小时候，家里穷到都快被鬼抓走了，你外祖父是人家的佃农，家里小孩又多，住在窄窄暗暗的土块厝，厝里的空气混着湿气、汗臭、鸡屎和煮饭烧柴的烟味。

"我小时候最记得的就是'肚子饿'，我最大的愿望就是能吃一大碗真正的饭。肚皮都顾不了了，哪有钱读书？所以啊，我十岁就离家到镇上唯一的一家诊所当护士。说好听是护士，其实就是下女啦！什么都要做，打针抓药是小事，打扫洗衣还要兼照顾小孩，常常忙到三更半夜，一点点没做好就要被医师娘打骂。但我可是吃苦当作吃补，因为我终于可以吃到真正的一碗饭喽！"

"饭有什么好吃的？"我咕哝着，我猜奶奶又要开始说她以前有多命苦了。

果然！

"你不知道我以前有多命苦，眼泪是当饭吞……"奶奶说。

"既然奶奶有男朋友了，为什么会被爷爷抢走？"我赶紧岔开话题。不过我是真的很好奇，爷爷是一个八竿子打不出一个响屁的人，奶奶一小时说的话都比他一个月说的还要多，有时爷爷突然开口，我还会吓一跳呢！

像这样一个沉默寡言的人，竟然也会横刀夺爱？

"其实我根本看不上你爷爷。你不知道我们医生的儿子有多喜欢我，我十岁到他家时，他十五岁，我们是青梅竹马一起长大的。每次医师娘打我骂我，他就会帮我讲话，要他妈妈多疼惜我这个可怜的女孩。

"记得有一次，我不小心把刚消毒好的一锅玻璃针筒摔破了，医师娘拿竹扫把狠狠地打我，把我的背打得都快裂开了，她还罚我不能吃晚饭。整个晚上，我的背像被火烧过一样痛，肚子又饿得受不了。到了半夜，医生的儿子偷偷在我门口放了一个包子。我一边大口咬，一边流眼泪，那是我离家以后第一次哭,怨叹人的命运为什么会有这么大的不同,也感动医生儿子对我的情意。后来他考上医学院,以后会继承他爸爸的诊所,说不定还会变成大医院的院长,你不知道我有多高兴。等他娶我以后,我就会变成医师娘,变成一个有身份有地位的人,再也不会有人看不起我。没想到……"

"没想到什么?"妈眼睛睁得比乒乓球还大,身体向前倾斜四十五度。我一看就知道妈脑袋里的八卦虫又犯了,她追韩剧的时候也这样。

这时,奶奶反而停顿下来,眼神变得好像柔和,又好像黯淡,眼光朝向前方,又好像飘在不知名的远方——完全不像平常刺猬般的奶奶。

"哇!好像连续剧的剧情喔!"妈说着,双手相握放在胸前。

"招弟啊!过去的事何必再提起!"牛屎明叔公突然说。

"是啊!招弟啊!万事不由人计算,一生都是命担当!何必记一辈子,过去就让它放水流吧!"牛屎明婶婆也说。

"放水流?"奶奶的声音忽然拔高,"这不是船过水无痕耶,是我一世的痛!"

妈的眼睛睁得更大了!

"招弟呀!事情都过了几十年,你也嫁给了阿雄,又把孩子栽培得那么好,何必还记恨呢?"牛屎明婶婆移动身体,和奶奶并肩坐在一起,轻拍奶奶的手。

"就是因为这样,我才发誓一定要栽培我的孩子当医生,再也不要让别人看不起。靠山,山会倒;靠水,水会干;靠自己,比较实在!哼哼!"奶奶冷笑两声,"皇天不负苦心人,我终于成功了!"

"别这样啦!人家淑芬听说你要来,特别要来看你呢!"牛屎明叔公说。

"你说什么?"奶奶倏地站起身,"你说什么?"音量又放更大。

大家被奶奶突如其来的举动震了一下,沉默了几秒钟……

"大家一起长大,也是一种缘分嘛,过去的事就过去了,等一下她会来这里看看你,见面三分情……"牛屎明婶婆拉拉奶奶的手,试图缓和奶奶的情绪。

哪想到,奶奶先是像被一只庞大的拳头狠狠捶了一下,发出一声惨叫"啊!";然后竟像火山爆发,甩开牛屎明婶婆的手,咆哮:"我跟她没有情分,只有冤仇。没想到我当你们是朋友,你们却背叛我!"

"妈,你这是干什么?"爸尴尬地说。

"妈,有话好说,我们是客人,不好这样说主人啦!"妈也站起身,挡在奶奶和牛屎明婶婆中间。

"招弟呀!你别这样啦!"爷爷终于开口说话。他双手撑在沙发的扶手上试图支撑自己虚弱的身体,抖了几下,又无力地跌坐回去。爸赶紧上前看看爷爷。

"她竟然敢来见我?她凭什么?她凭什么!"奶奶嘶吼,双手在空中挥舞。可能是太过激动,也可能是郁积的愤怒,她的喉咙里先是发出"呼噜呼噜"的声响,喘两口气后又吼着:"凭她家有钱吗?凭她有身份地位吗?告诉她,我现在也不比她差!你们又凭什么帮我决定要见谁?"

"妈,别生气啦!"妈一边安抚奶奶,一边转头向牛屎明婶婆鞠躬,"不好意思!不好意思!我婆婆心情不好!"

"招弟,不要这样啦!我们也没别的意思,只是想帮忙化解你们之间的误会。我们都是棺材进一半的人了,何必带着冤仇入土呢……"牛屎明婶婆说。

"我不但要带着冤仇入土,下辈子还要继续恨她!"奶奶咬牙,眼中燃着两把火。

"唉……招弟呀招弟!"爷爷无奈地摇摇头。

"走!"奶奶手一挥,"我们走,我绝不见那个女人!"接着奶奶就跨步走向大门。妈来不及反应,愣了一下,赶紧追过去。

"这么多年没见,好不容易来这一趟,招弟呀……"牛屎明婶婆的声音追着奶奶的背影,可是奶奶头也不回,消失在门口。

"牛屎明!真是不好意思,给你见笑了!她就是这种火爆脾气,我回去再劝劝她,你别挂在心头。"爷爷气若游丝地说。

当爸把爷爷从沙发上扶起来时,我觉得爷爷的背更驼了,眼神更加虚弱。

"唉!冤家宜解不宜结,你回去再劝劝她吧!"牛屎明叔公拍拍爷爷佝偻的背,"这几年难为你喽!"

爷爷呻吟了一声,倚着爸爸的肩膀走出叔公家。

第十幕

假戏真做

本来高高兴兴出门，没想到第一站就闹得不欢而散。

接下来的行程是直接杀回饭店。伯父伯母都觉得莫名其妙，堂哥堂姐倒是无所谓，反正他们本来就不喜欢到牛屎明叔公家。

一进房间，堂哥堂姐就开始跳床。堂哥的跳法是把床当成弹簧床，只看到他在空中一上一下；堂姐则是把床当成消防队的救生垫，从这一床飞扑到另一床。

"婷文、凯文，别这么没规矩！"伯母说。

"没关系啦！孩子嘛！"妈笑了笑。

一听妈这样说，我赶紧脱下鞋。还没等我爬上床，妈就吼着:"昱文,你在干什么?"

"我也要跳!"我说。

"不行,你给我下来!"妈挤着眉心,狠狠地瞪我。

"为什么? 为什么他们就可以?"

"因为……因为你太小!"妈说。

"太小? 凯文只比我大两岁耶!"

"我说不行就不行!"妈磨着牙,缓缓地说。

这些大人总是双重标准,对别人的小孩比对自己的好。不过,我没有据理力争,因为今天的气氛怪怪的。我啊,还是把皮绷紧一点比较妥当,识时务者为俊杰嘛!

回来后,最怪的是奶奶,平常和人吵完架,她总是一把眼泪一把鼻涕,呼天抢地地诉说自己有多可怜,今天却一反常态,没有哀怨,没有咒骂,甚至连只言片语都没有,就只有沉默。

而爷爷呢? 爷爷本来气色还不错的,出了牛屎明叔公的家门,整个人像泄了气的皮球,缩成一团,脸上的皱纹好像瞬间又增加许多。另一个沮丧的人是我妈,她焦躁、疑惑又无奈。

"你妈是怎么啦? 到别人家,怎么说翻脸就翻脸?"妈逮住空档就拉着爸问。

从妈向爸谈起奶奶
时的主语，就可以判断
出妈妈的情绪：如果是
好事，或无关痛痒，她的
用词就是"妈"；如果是
对奶奶的作为不满，她
就会改口说"你妈"。还
有，平常她叫爸"老公"；
如果吵架，就会对着我说
"跟你爸说……""去叫你爸吃饭……"

噢！我又扯远了！回到我妈对奶奶的不满！

"好不容易帮爸安排一趟返乡之旅，就这样被你妈搞砸
了，说有多尴尬就有多尴尬！也不知道你妈到底发什么脾
气，平常在家也就算了，怎么到别人家也这样？多亏牛屎
明叔和牛屎明婶大人有大量，不计较，万一当场吵起来，真
是难堪到极点……"妈说了十分钟，嘴巴还没停下来。

爸只是沉默着。忽然,我觉得爸和爷爷其实蛮像的。

"哎!你干吗都不说话?"妈说。

爸还是沉默着,用他的指尖在还算光滑的下巴探寻幸存的胡楂,掐紧,拔除,然后再用拔下来的胡楂轻轻刺着下巴。他每次想事情就会这样。

"你到底有没有听我说呀?"妈再问了一次。

"嗯。"爸说。

"嗯什么嗯?"妈忽然挤到爸身旁,拉扯着他的衣角,语气柔和甚至带点撒娇地说,"哎!你以前都没听过你妈和你爸的爱情故事吗?"我妈的另一项特异功能就是翻脸跟翻书一样快。

"没有。"爸的胡楂轻刺嘴角。

"那个淑芬到底是谁?你妈为什么这么恨她?既然你妈原本有个医生男朋友,爸又是怎么横刀夺爱的?爸年轻时应该很帅,可是听你妈的语气,那个医学院的男孩子好像很疼爱你妈,你妈到现在还对他念念不忘……"

爸忽然站起来:"你说够了没有!"然后转身走出房间。

"问问都不行喔?生什么气嘛!"妈嘟着嘴咕咕哝哝的。

哇,连爸妈都要开战了。趁妈还没迁怒到我头上,我赶紧跟在爸的屁股后面溜出去。

走到饭店的花园广场,看见伯父和堂哥堂姐坐在那儿。爸本来想拉着我转身离开,我却被堂哥叫住:"哎！小鬼,你有没有带游戏机出来？借我玩一下!"

我耸耸肩。

"每次向你借,你都说没有。"堂哥狠狠瞪我一眼,好像我欠他一样。接着他又说:"无聊死了,不如留在台北跟我同学玩魔兽!"

爸从口袋里捞出他的iPhone递给堂哥。堂哥的脸立刻像被春风拂过,两颗眼珠像盛开的桃花:"酷耶！叔叔!"说完,和堂姐立刻挤到隔壁桌玩起游戏。

爸待在原地,不知该坐还是该站,一副手足无措的模样。

"阿顺!"伯父率先开口,"这个还给你!"他从衬衫口袋捞出一个红包。我认得这个红包,上面写着"生日快乐"四个大字,是爸假装伯父给爷爷,爷爷又退给伯父的。

这下爸更不知如何是好，拿也不是，不拿也不是。

"我……我假借你的名义给爸，没事先告诉你，是因为……"

"我了解！"没等爸说完，伯父就接口说。

接下来两人都没再说话，眼神也没有交会，气氛冷得像结冻的冰块，只有堂哥堂姐玩手机游戏的嬉闹声。

"哥……"爸从喉咙深处发出一个沉重的声音后，又沉默许久，"哥，这个红包你还是留着吧！一转眼又快过年了，你换个红包袋再包给爸，或者给妈，免得她一天到晚唠叨。"

"放心，我现在有时会打打零工，这点钱还凑得出来，至于爸的医药费，那是一笔很大的数目，以后我手头宽裕些，再慢慢还给你！"

"我从来没有要跟你算医药费的意思。"

"我知道！可是我是哥哥，让你一个人照顾爸妈，已经觉得够丢脸了，爸的医药费怎么能让你一个人负担呢！"伯父咽口口水，停顿几秒后说，"阿顺，其实……其实……我不是像你说的那样游手好闲，我也很想找工作啊，但就是找不到。我很后悔年轻时只会打架闹事，书没念好，又没有一技之长，长年烟酒、槟榔,把身体都搞坏了,现在年纪大了,想振作,难喔……"

"我不应该用'游手好闲'这几个字,我的意思是……是……其实只要大嫂不说话,我没资格有意见,只是……"

堂姐突然插嘴:"叔叔,你是不是想向我爸道歉?"

爸的脸僵得像扑克牌的老K,嘴角还微微抽搐。

"你们玩你们的游戏!"伯父说。

"我说的又没错,想道歉就道歉嘛,何必支支吾吾!"堂姐不甘示弱。

"大人就是这样,最假了!"堂哥盯着手机屏幕,嘴里不屑地说。

"你们讨打是不是?"伯父伸手想揍堂哥。

爸及时出手抓住伯父的手腕:"孩子大了,别打他们。"

"叔叔!"堂姐意味深长,似笑非笑地看着爸和伯父,"当时叫你们演一出和好的戏给爷爷看,我猜你们现在'假戏真做'了?"

"假戏真做?姐,你真以为他们在演偶像剧啊!"堂哥好厉害,打游戏打得情绪激昂,还可以一边跟别人对呛。

"啰唆!打你们的电玩啦!"伯父嘴巴虽然斥骂,语气却柔和了下来。他看爸一眼，正好接住爸回看他的眼神，两人有些惊慌失措，眼神纷纷闪躲，飘忽到其他地方。

清冷的寒风吹来，爸倒抽一口气，打了个寒颤。"时间过得真快，又要过年了！以前不知道珍惜时间，当开始倒数计时，才知道分分秒秒有多可贵，稍一蹉跎，时间就从指缝中溜走，想挽回也来不及了。"他仰望干净如洗的天空，"唉，爸还剩多少日子呢？明年过年，他人在哪里？我多希望他剩下的日子都能过得平静安详，但，他有太多事要操心……"

爸重重地深吸一口气，把气憋在胸口，一会儿才接着说："我真的很舍不得，爸每次提到你就叹气。他担心婷文、凯文还小，未来念书要花很多钱，而你没有工作，日子不知道怎么过；现在你又发现有糖尿病和高血压，他担心到有时晚上都睡不着。有一天半夜，他告诉我：'我不怕死，只是有些事放心不下，一是你哥哥没工作，二是你们和你妈的关系。'我告诉他：'我向你保证，有我在，哥哥一家不会没饭吃；至于和妈的关系，我会尽量忍。'说完，爸才露出难得的笑容。"

"哥……"爸用力眨眨眼睛，吸吸鼻子，"我是弟弟，没有权力责备你,只是……"

"阿顺,我知道,我都知道!"伯父阻止爸继续说下去。他双手不断搓揉,试图掩饰自己的焦躁:"我是哥哥,哪有让你照顾的道理! 我也知道他担心,但是我……我……我不知道该怎么做。阿顺啊! 我……我也不想失业,但真的有困难,我只能说,我会继续努力。"

"叔叔。"堂姐开口,她和堂哥不知什么时候停下手边的游戏,聆听着伯父和爸的对谈,"叔叔,我可以作证,我爸爸真的有在努力。你看,他连烟酒和槟榔都戒了!"

"早该戒了! 吃槟榔吃得臭死了,一张嘴红通通,像半夜到坟墓啃尸体一样。"堂哥撇撇嘴。

堂姐撞一下堂哥的肩膀:"你说那些干什么!"

"我是早该戒了!"伯父苦笑一声,"你叫婷文拿给我的'糖尿病忌吃的十二项食物',我也看过了!"

伯父停顿几秒后,又说:"阿顺,谢谢你!"

伯父看着爸,爸也看着伯父。虽然光线昏暗,但我清楚看见,这次他们两人的眼神都没有闪躲。

穿越时空的
告 别

第十一幕

往事如烟

一早，爸和伯父一左一右，半推半扶着爷爷到饭店的餐厅吃早餐。

"你们不要抓我，我没有偷你们的东西，是那个女人，"爷爷用下巴指指奶奶，"是那个女人偷的，她还偷了我的钱！你们去抓她。"他用虚弱的身体挣扎着。

爷爷来到饭店后，失智症又犯了，昨天吵了一整晚，一直说奶奶偷他的钱。

"爸，没人要抓你去警察局，放心，我们只是带你去吃早餐啦！"伯父说。

"爸！别怕！"爸也说。

好不容易，爸和伯父才把爷爷押到座位上。

奶奶咒骂着："吵死人，怎么说都说不听，竟然说我偷他的钱！就算偷他的内裤，也破到当抹布都嫌烂，气死人！"

"什么？你不但偷我的钱，还偷我的内裤？"爷爷声音不由大了起来。餐厅里的其他客人斜眼瞪了我们一眼。

"谁偷你内裤呀？"奶奶也跟着大声。

"有！我昨天就看见你偷我的内裤！"爷爷转头对伯父说，"警察大人，你把她抓起来，搜查她的房间，一定能找到我的内裤！"

"废话！我和你住同一个房间，当然找得到你的内裤！"

"你看，她承认了！"爷爷气呼呼的，用力想了五秒后，又嚷嚷，"你这个小偷，偷了东西不走人，还睡我房间？"

"嘘，爷爷，小声一点啦！"堂姐说。

"你是谁？你和她一样，都要来偷我的钱和内裤吗？你有没有偷睡我的房间？"爷爷瞪着堂姐。

我赶紧把堂姐拉到一边："你不是有一本笔记本和笔

吗？借我！"

"干吗呀？"堂姐一边嘟哝，一边捞出口袋里的笔记本。那是她随时要记录心情或编剧用的。她说，伟大的导演要时时保持敏锐的观察和思考。

我立刻撕下一张，在上面写着："本人陈招弟向张阿雄先生借一千元及内裤一条，以后有钱就会还。"

接着，我把纸条放到爷爷手里："阿雄，招弟没有偷你的钱，只是先向你借。你看，她有写借据给你呀！以后有钱就会还你，而且还会付你利息喔！至于内裤，是因为她没内裤穿，先向你借，等一下就会还你。"

爷爷仔细看着借据，然后缓缓抬起头，用怀疑的眼光盯着奶奶。

奶奶一张脸鼓得像爆浆面包，狠狠瞪着我骂："他发疯，你也跟着他疯！"

看了很久，爷爷把借据小心对折，放进衬衫口袋。"借钱也不说一声！"然后上下盯了奶奶几眼，"屁股那么大还借我的内裤，不知道会不会撑破！"

"你⋯⋯你⋯⋯你!"奶奶的气堵在喉头,一时说不出话来。

堂哥拉拉堂姐的衣角问:"奶奶真的穿爷爷的内裤?"

"你白痴啊!"堂姐翻个白眼。

爸叹口气,轻轻苦笑一声,用他的大手摸摸我的头。

终于可以安心吃早餐了。我最喜欢饭店的早餐,西式、中式样样具备,任君挑选,不像平常,妈叫我吃什么我就得吃什么。

"这是什么生鱼片,为什么没有芥末酱?"堂哥靠近我的耳朵,小声地说。

"堂哥!"我惊呼,"哪有人拿烟熏鲑鱼配稀饭,旁边还放酱瓜的?"

"你那么大声干什么?我就是喜欢这样吃,你管我!"堂哥瞪我一眼。

我知道他气我没给他面子,赶紧把音量降低。"不是啦!这不是生鱼片,是烟熏鲑鱼,配色拉吃的。"我也把嘴巴靠近他的耳朵,"我帮你重弄一盘,这盘给奶奶,反正她吃什么都一样碎碎念!"

听我说完,他走向奶奶和爷爷那一桌。

这时,爸的手机响起,他神秘兮兮地走到外面的露天咖啡厅,躲在角落听电话,一只手还捂住嘴巴,眼神慌张地不时飘向我们。

顿时,我心中有股浓浓的不安,这不是连续剧里常有的画面吗?难道……难道……一连串乱七八糟的念头像高压电在我脑神经里吱吱窜流:"爸在外面有小三?""不!不!不可能!""但,爸为什么要偷偷摸摸的?有什么见不得人的事吗?"我的脑海倏地跑出许多画面:爸和妈吵着要离婚……爸搂着一个妖艳的女人……妈哭哭啼啼,提着行李说要离家出走……

天哪!我想到哪里去了?爸不是这种人,我用力敲敲自己的脑袋,眼光不由自主飘向妈妈。妈正像一座火山,瞳孔里是熊熊火焰,脑袋里是滚烫沸腾的岩浆,我似乎听见岩浆"啵啵"的冒泡声,想必她的想法跟我一样。

不久爸走了进来:"嗯……那个……我……我有个大学同

学住这附近,那个我……我去找他叙叙旧,等一下就回来!"

爸嗯嗯啊啊半天,满脸通红,眼神慌乱,还没开口人家就知道他在说谎。

"哪个同学呀?"妈侧着头,斜着眼问。

"就是那个……那个……说了你也不知道!"爸慌乱地挥挥手,往饭店大门走去,抛下一句,"我走了,等一下就回来!"

说时迟那时快,妈大喊一声:"等一下! 昱文跟你去!"

"我?"我指着自己的鼻子,"我还没吃饱耶!"

"叫你去你就去!"妈从齿缝中小声挤出几字,"少废话!快去!"还顺手推我一把。每次都这样!

坐在车子后座,看不到爸脸上的表情,我猜他一定很恨我这个跟屁虫。我想象不到,像爸这样严肃,不懂生活情趣的人,怎么会有外遇。还是,就是像这样个性压抑的人,才会在外面寻找刺激……想着想着,车子来到一户透天厝,门口站着一位满头银丝的老太太。

"爸!"我惊呼,"她未免也太老了吧!"

"你在说什么呀?"爸莫名其妙地看着我。

"她……她……她不是你的小……"我还没说完，爸一掌赏上我的脑袋，"啊！痛！"

"小什么小？胡说八道！她是奶奶以前的朋友，淑芬姨婆啦！就是牛屎明叔公昨天说的那个人。"

"哦，原来不是你的小三，是奶奶旧男朋友的小三，"我恍然大悟，"就是那个一提起她，奶奶就发飙的人，对不对？"

"对啦！所以等一下回饭店，千万不要乱说话，听懂了吗？"

淑芬姨婆拥有一头白得发亮的银丝，脸上虽然有不少皱纹，但五官仍可看出当年清秀美丽的模样。最重要的是她谈吐高雅，举手投足之间给人一种说不出的舒服。

我们坐在她家的客厅，听着她诉说童年往事："我和牛屎明是表兄妹，这次也是透过他才得

到你的电话号码。"姨婆的眼神忽远又忽近。

姨婆说,她和奶奶是从小一起长大的好姐妹,只是她是地主的女儿,奶奶却是佃农的孩子。奶奶家有七个小孩,一家食指浩繁①,奶奶身为长女,深刻体会着生活的压力与苦楚;而她虽是父母的掌上明珠,生活无忧,却没有姐妹做伴而感到寂寞。就这样,她们常互吐心事,成为无话不谈的好朋友。

那一年,她们同是九岁,台风引发的大水淹没了附近田里的所有作物。奶奶一家连肚子都没办法填饱,更别说是负担佃租了。

姨婆说:"我妈妈准备到她家催讨租金的前一晚,我恳求她宽限你妈妈家一阵子。可是我妈妈说:'宽限?如果每个佃农都要我们宽限,那我们不是要喝西北风了?'

"我又哀求她:'阿母!拜托啦!我和招弟是好朋友,你看在我的面子上,暂时饶过他们一次,等明年丰收,再叫他们加倍还给我们,好不好?'

---

① 古时以手指计人口,食指浩繁比喻家庭人口很多,多用于形容家庭负担很重,难以维继。

"我妈妈斥喝：'女孩子说什么面子？面子是几两重？自己都快困桌脚了，还烦恼别人的厝漏？'

"我不敢再多说什么，没想到隔天，妈妈把我拖到你妈妈家，当着一大堆人的面羞辱你妈妈：'你是什么身份什么地位，凭什么跟我女儿做朋友？不过是佃农的女儿，还想高攀大小姐？你没听说过：龙交龙，凤交凤，隐疾的（驼背）交侗戆（愚笨）？也不看你自己是什么样！我警告你，离我们淑芬远一点，要不然我就收回我的田地！'

"'阿母！我拜托你，别再说了！'我苦苦哀求。

"你外公不断低头道歉，家里的弟弟、妹妹，有的围在你外公身边，有的躲在墙角大声号哭。你外婆伸出手，用力拧一下你妈妈的大腿说：'不好意思！不好意思！是我女儿不受教，缠着大小姐，以后我会叫她离远一点！'

"你妈妈搓揉着大腿，没有哭，但是她眼里充满怨恨。她说：'总有一天我会变成一个有身份有地位的人！'

"那时，我根本不敢直视她的眼睛，只敢偷偷地看。我心中明白，我们两人的友谊已随风而去。

"不久后，听说你妈妈最小的弟弟被卖到隔壁村。"

"我知道我有一个没见过面的舅舅。"爸爸说。

淑芬姨婆点点头，继续说："你妈妈舍不得，四处打听，终于打听到地址。她才九岁，就一个人赤着脚踩在热得发烫的土地上，奔走好几里路，又在人家家里大吵大闹，才把弟弟半抢半求地带走，然后又走了好几里路，背着弟弟回家。我可以想象，她的双脚一定被烫得起了大大小小的水泡。

"谁知回到家，换来的不是一家团圆的喜悦，是你外公的一顿毒打。你外公拿着棍子对着你妈妈说：'送走他，是让他过好日子，留下他，是我们一家饿死，你知道吗？'

"你妈妈不再说话，流着泪，默默转身把弟弟背回养父家。

"那一年过年后，你妈妈休学到镇上的诊所当护士学徒。在诊所虽然天天有饭吃，可是日子不好过，不但工作辛苦，还常常被医师娘打骂，一年三百六十五天，只有过年那几天才能休息。与父母家人的分离，对一个十岁的孩子来说，比皮肉的痛苦与肚子饿来得更折磨人，但你妈妈只能咬牙忍受。

"每次过年你妈妈放假时，我都会趁机去找她，但她视若无睹,当我是空气一样。几年后,我也到台北念书,就没再和她联络了。"

"这不是你的错,我妈妈没理由这么恨你呀!"爸疑惑地说。

"你静静听我说下去。"淑芬姨婆把手掌上下挥动,示意爸不要激动,接着她拿起杯子啜一口水。

"诊所里医生的大儿子,后来成为我的丈夫!"姨婆说。

"你说什么?"我和爸异口同声惊呼。

"我说,医生的大儿子后来成为我的丈夫!"

"怎么可能?"爸声调提高八度,"他喜欢的是我妈妈呀!"

"姨婆,你怎么可以抢我奶奶的男朋友? 亏你还说你们是朋友,"我忽然感到一阵厌恶,"难怪我奶奶这么恨你!"

"昱文,不可以没礼貌!"爸嘴里虽这么说,但我相信他心里想的一定跟我一样。

淑芬姨婆又拿起水杯,不过她只是把嘴靠在杯缘,任杯里的热气把她的双眼熏成一条线。

她停顿许久,轻轻啜一口,才又开口:"清枫,就是我丈夫,他告诉我,他从来没有爱过你妈妈,甚至连手都没牵过一下,更别说谈情说爱了!他只是觉得自己的妈妈对她很不好,所以对她特别关心,没想到你妈妈却把这份关心错当成爱。"

"这是你丈夫说的,说不定他骗你!电视剧里很多坏男人都是这样!"我义愤填膺地说。

"嗯!"姨婆的嘴角微微上扬,从喉头发出一声似笑非笑的声音,"你不了解,他是个非常善良的人,他和他阿爸不同,虽然继承父业,同样是医生,但他是抱着救人的志向才去念医学院的,不是为了钱。成为正式的医生后,我常常陪他到乡下义诊,有时他甚至贴钱买米买菜给穷苦人家。像他这样心软的人,当然看不惯自己的妈妈虐待一个孩子,所以才对招弟这个小妹妹特别好。"

"奶奶怎么连人家是同情还是爱情都搞不懂?"我觉得奇怪。

"也许不是奶奶不懂,只是她认为,那是她人生唯一的机会!"爸爸说。

我还是不懂:"什么意思啊? 什么机会?"

"改变人生!"爸说,"有时人越卑微,心就越想高飞!"

嗯!我好像有点懂,又有点不懂。

"既然这样,你和我妈妈有起什么冲突吗?"爸爸问姨婆。

"我根本不知道招弟喜欢清枫。初中后,我就被我阿母送到台北念书,后来和清枫在台北的彰化同乡会认识。在那个年代,能到都市读书的人不多,加上人在外地,对来自同乡的人特别有情感,我们就这样自然而然地成为男女朋友。后来清枫因为功课忙,路途又遥远,所以很少回家。

"听牛屎明说,这时你爸爸喜欢上你妈妈,经常到诊所找她,而你妈又听说清枫在台北有女朋友。所以当你爸要到台北当兵,向你妈提议一起去时,你妈妈立刻答应了。"

姨婆喘一大口气,继续说:"有一天,你妈妈跑到清枫的学校找他,正好碰见我们两人手牵手走在校园里。当时她脸上的表情,直到现在我都没办法忘记,那种恨,那种绝望,就好像……就好像……她站在悬崖边缘,我却拿着刀子架在她脖子上一样。她狠狠地瞪着我,当时我和清枫根本搞不清楚状况,只觉得怎么这么巧,竟在这里遇见她。我来不及说一言半语,她忽然笑,一直笑,发狂地笑,然后嘴里念着:'为什么他会爱上你……为什么……为什么……'接着狂奔出去。后来你爸爸当完兵,几年后,你妈妈就嫁给他了!"

"我爸爸知道这些事吗?知道我妈妈一辈子并不爱他,爱的是……爱的是……"爸最后几个字,支支吾吾说不出口。

"你爸爸知道!"

"他都知道?"爸惊讶地问。

"牛屎明有告诉你爸爸,但你妈并不知道你爸爸知道!"

哇!好像绕口令,情节也像绕口令一样转来转去。大人怎么这么复杂?哪像我们班的洪雨柔,上学期说喜欢我,被我拒绝后,她就换喜欢那个装酷的邱应俞。我们的感情世界简单多了!

"我爸爸既然知道,为什么还对我妈这样忍气吞声?"爸说。

"爱,有时是无法用道理说清楚的。不过,我了解你爸爸,你爸爸为人敦厚,也许你们年轻人是'选择自己所爱',他却一生奉行'爱自己所选'。至于你妈妈,你刚刚说不出口的几个字,也许是你无法明白,你妈妈到底爱的是什么,对不对? 说得更直接一点,恐怕连你妈妈自己也不明白!"

姨婆一直说什么"明白不明白",但爸好像明白了,随着姨婆的话缓缓点头。

我们离开前,淑芬姨婆说:"阿顺,可不可以把你妈妈带来和我聊一聊,地点我再用电话通知你?"

一路上,爸紧握方向盘,沉默不语。

"爸!"我思考着该怎么说,"嗯……如果说,奶奶一直期待一个能改变人生的机会,那为什么你成为医生之后,她还是这么看重钱?"

"也许恐惧饥饿与贫困,已经变成她生命里的驱动力,也或许是过往的伤痕变成她灵魂里的残缺,所以尽管人生已经达成她所期望的,这份恐惧与残缺仍然如影随形地跟着她。"

"听不懂!"

"就像……"爸思考着该怎么回答,"就像假如你小时候被狗咬过,你一辈子看到狗都会害怕一样!"

第十二幕
墓园重逢

　　才回到饭店门口，爸就接到姨婆的电话。走进房间，不等妈抓着我打探军情，爸就把事情的原委告诉她，最主要是因为把奶奶骗出门时，必须请妈负责照顾爷爷。以妈的个性，她当然是百般的不愿意，并不是她不愿意照顾，而是因为不能跟去凑热闹，这比杀了她还痛苦。可是爸不想让其他人知道这件事，妈只好勉为其难，留守饭店。

　　隔天，爸找了一个要奶奶挑选礼盒送古厝邻居的借口，把奶奶骗上车。奶奶一路上一直碎碎念："送你伯父就好了，邻居送什么送，浪费钱干什么？八辈子没来往，送了也是白

送……送一家，万一村子的所有人都来，那……"

随着奶奶的喃喃声，车子直往荒郊野外奔驰。行经一段人迹罕至，两旁各是一片竹林和杂草的小路后，一个转弯，映入眼帘的是令人寒毛直竖的画面。

"你是知道不知道路啊？去百货公司竟然走到墓地？"奶奶突然惊醒似的大声责问。

"爸！你来这里干什么？好恐怖喔！"我的声音在颤抖。

"等一下就知道了！下车吧！"爸倒是很从容。

车子停在一片墓园旁边。

墓园四周有几株不知名的老树围绕，树虽不高，但盘根错节，绿荫郁郁，树下杂草丛生，中间平坦的部分则七横八竖躺着许多坟墓。有些坟冢整理得还算干净，有些斑驳破旧，连墓碑都被杂草掩盖，显得阴森森的。

冷风阵阵袭来，我不觉打了个寒颤，越不想四处张望，眼睛越不听使唤，到处偷瞄。忽然，路旁窜出一个影子。"鬼啊！"我吓得魂掉了一半，正想拔腿就跑，爸一把抓住我。

"神经，是淑芬姨婆啦！"爸说。

"淑芬?"奶奶惊呼,这下换成奶奶像看到鬼一样,眼睛暴突,鼻孔一开一合,脸上的肉微微抽动。她缓缓举起手,用食指指着人影,抖声说:"淑芬?是淑芬!"

她愣了几秒后,转头面向爸:"连你也背叛我?连我自己的儿子也背叛我?我是养老鼠来咬布袋吗?"

"妈,我没有背叛你,只是希望你和淑芬姨婆的恩怨能够化解,希望你们往后的日子能好过一点。"爸急着解释。

"好过一点?自从她抢了我的清枫,我的日子就没好过!"

"招弟!"姨婆走近说。

"你是谁?我不认识你!"奶奶的声音在阴郁的林间回荡,接着转头就想走。

"招弟,你何必这样!"姨婆抓住奶奶的手臂。

"何必怎样?"奶奶甩开姨婆的手,大吼,"几十年前,你抢走我的清枫,抢走我一生的幸福,现在又来抢我的儿子吗?是你让我儿子来背叛我的吗?"

"我到底有没有抢走你的清枫,你自己应该很清楚。"姨婆语气平静地说,她脸上的表情没有因为奶奶的暴怒而有丝毫改变。

奶奶也不正面回答,只是嘶吼:"你是地主的女儿,我怎能跟你比? 为什么你总是要什么有什么? 为什么你的命镶金又包银,我的命就是不值钱?"

"来! 跟我来! 让我告诉你,我的命是怎样镶金,怎样包银!"姨婆说着,往墓园深处去。

爸跟着姨婆的脚步往墓园里的羊肠小道走。我心里百般不愿意,真搞不懂,这又不是游乐园,也不是公园,有什么好参观的? 难道要当"考骨"学者吗?

"爸!"我呼叫一声,僵立在原地,手足无措,但爸似乎没有停下来的意思。

看看四周阴气沉沉,树叶和杂草发出飒飒的声响,奶奶又鼓着一张铁青的脸,比鬼好不到哪儿去,我看还是跟着爸好了。我赶紧举步往前追,追了十米远,忽然听见身后有窸窸窣窣野草摩擦和小石滚动的声音。"难道是鬼吗? 阿弥陀佛,观世音菩萨,求求你们,千万别让鬼跟着我!"我加快脚步,没想到声音如影随形紧紧跟着,甚至越来越近,越来近,吓得我一个踉跄,差点跌个狗吃屎。顿时我感到背脊一阵阴凉,一只手掌"啪"一声打上肩膀,"啊——"我尖叫。

"你是见到鬼喔?"奶奶说。

"奶奶!你不是不来吗?你吓死我了!"我边说边拍着胸脯。

"你才吓死我了!叫那么大声!"奶奶停顿一下,又说,"没人开车,我怎么回去啦!"

我和奶奶默默地快走,终于追上淑芬姨婆和爸。我们绕着一座座坟墓小径,弯弯曲曲蛇行,有时旁边就是陈年残破的半个坟墓,真怕一脚踩下去就是死者的头部,虽然中间隔着厚厚的土,还是让我脚底发麻。明明才走没几分钟,感觉却好像一辈子那么长。

好不容易,走在最前面的姨婆轻喊一声:"到了!"

这座坟墓用水泥混着细石子砌成长方体,墓碑中间是大理石块,四周则是红色瓷砖。我还来不及看上面刻的字,姨婆就开口了:"招弟,这是清枫的墓!"

"清枫?清枫死了?"奶奶惊讶地说。

"你说我的命镶金又包银！我现在告诉你,我有的只是一个墓园和寂寞!"

"哼！可是你还是把他抢走了！你成了人人钦羡的医师娘,而我却只有失望。你知道我痛苦多久吗？现在你告诉我清枫死了,我就会原谅你吗？哼！哪一个人不会死？就算他现在死了,你也好命一辈子了!"奶奶咬着牙,可以看出要是可以,奶奶恨不能咬姨婆几口!

"招弟呀！你听见清枫死了,难道不难过吗？"

奶奶没有回答。

姨婆摇摇头,轻叹一声。"是啊！这个世间谁不会死。"姨婆幽幽的口气回荡在这荒芜的墓园间,"招弟,你再仔细看看墓碑!"

姨婆停顿数秒又说:"你看仔细了吗？清枫四十年前就往生了,死的时候才三十一岁,而我们没有生下一儿半女。这就是你说的我命好,要什么有什么吗？这就是我有身份有地位的代价吗？"

姨婆见奶奶沉默以对,自顾自地说:"你刚刚说,我抢走你一生的幸福，你可不可以告诉我，什么是幸福？是身份？是地位？是钱？还是爱？招弟呀！是啊！我是成了人人钦羡的医师娘，但人生的大半辈子却忍受着孤独寂寞。这种身份地位是幸福吗？其实这一生支持我的，是对清枫永远不变的爱！而你呢？四十年来心中始终怨恨我抢了你的清枫，却看不到自己身边的幸福。虽然阿雄平凡，可是做人斯文老实，没给你大富大贵，却给你一生的平安和依靠，还有一家子孙满堂。"姨婆看着我，摸摸我的头，"你看你的孙子多可爱，我愿意用我所有的财富跟你交换！"

拜托！我已经小学六年级了，还说我可爱！但姨婆人很温柔，故事很精彩，她的日子又很寂寞，所以我勉强接受，回报她一个"很可爱"的笑容！

姨婆说完，现场凝结了一股沉重的气氛。

奶奶眼睛虽然直直盯着墓碑，但表情呆滞，整个人就像一座雕像，只有轻风拂来，把她的衣摆扬起，在空中微微飘荡。

"万事不由人计较，一生都是命担当！人生的大舞台，不演到最后,谁知道是苦剧还是笑料?"姨婆的声音也随风飘荡在空气中。

几分钟后,也许更久,奶奶脸上的线条柔和了,眼中的火熄灭了。她缓缓看向姨婆,生涩地打开嘴角:"嗯……淑芬,我要回去了!"然后转身往来的方向走去。

回到车上,奶奶没有对爸"背叛她"大发雷霆,甚至连话都没说一句,坐在位子上失神地望向窗外。窗景不断从她瞳孔中闪过,但她动都没动一下,要不是偶尔眼皮还会眨一眨,我简直怀疑她是不是还活着。

车子默默驶在寂静无声的道路上。车后,淑芬姨婆的身影渐渐远去……

如果有一天

经过整整一天,世界变了!

爷爷醒了,奶奶沉默了,她默默扶着爷爷蹒跚地走进饭店餐厅。

"爸、妈,早啊!"伯母说。

爷爷面无表情,奶奶只是微微点头。

"爷爷奶奶早!"堂哥堂姐说。

爷爷还是面无表情,奶奶还是微微点头。

奶奶默默地添了一碗稀饭和酱菜,默默地坐在爷爷身边喂他。爷爷顺从得像个孩子似的,汤匙一靠近,他就张开大口,用仅剩的牙齿用力咀嚼。有时奶奶怕稀饭烫,嘟着嘴吹气,他也不急,只是乖乖坐着,耐心等待。吃着,爷爷一不小心从缺牙的嘴角掉出肉松,咖啡色的肉屑洒在胸前。奶奶没有像往常一样斥骂他,而是默默地拿餐巾纸轻轻拍打,把肉屑拍落地面。

爸也变了!以往除非必要,他总是和奶奶保持八米远的距离。今天,他却主动走过来,伸手想接过奶奶手中的碗:"妈!我来喂,你先吃,免得血糖太低。"

爸的一声"妈!"让奶奶抬起眼,凝视着爸好几秒,嘴角浮出一丝笑容,然后又用汤匙舀了一勺稀饭放进爷爷嘴里。

"嘿!昱文!你会不会觉得他们怪怪的?"堂姐说。

"对啊!他们好像吃错药了!你们看,奶奶的眼睛肿得像咸蛋超人,她是不是过敏啊?我有一次过敏,嘴唇肿得像甜不辣。"堂哥说。

"笨!是哭过啦!"堂姐说着在堂哥脑袋打一掌。

"噢!你打我干吗啦?每次都这样!"堂哥揉揉脑袋,忽然眼睛发亮,"哭?哎,死小鬼,你爸又和奶奶吵架啦?这次吵什么啊？我们怎么没听见声音！咦，不对呀！两个人吵架，应该不讲话才对，怎么今天你爸反而这么关心奶奶？"

"哎呀！我不知道啦！"我赶紧闪到一边。

世界真的变了！唯一不变的，是奶奶仍然坚持买了最高档的礼盒带到祖厝，而且临行前还画了一个大花脸，配上她的珍珠项链和耳环，再背上名牌包。

车子奔驰在乡间道路，远远的，我看见一片竹林，竹林后是几棵高耸的芒果树，我马上知道祖厝到了！因为跟爷爷形容的一模一样。

转个弯，绕进一片晒稻埕，映入眼帘的是一座古旧破落的三合院。听到车子的引擎声，从里面走出一对老夫妇，老太太牵着老先生，好像怕他走丢似的。我想他们应该就是伯公和伯婆吧！

伯婆笑脸迎人，高举着手向我们打招呼，伯公则一脸茫然，眼睛看着另一个方向。

我们才打开车门，伯婆就迫不及待地牵起奶奶的手："招弟呀！好几年没见面了，你们还好吗？"

"好什么啊！阿雄身体越来越差，脑壳也越来越不行了。我又有糖尿病，不知道还可以活几年！"奶奶边扶爷爷下车，一边说。

"唉！一样啦！我们阿茂也是越来越不行了，我被他搞得快得忧郁症了，不过想想，老夫老妻，我不照顾他，谁照顾呢？儿子女儿在北部路途遥远，年轻人要忙工作又要照顾小的，哪有时间再忙这个老的，如果放给他们拖磨，我也舍不得。再说，他这种病，换一个新环境或遇到不习惯的事，就会不适应，闹起来要人命喔！还是你好命啊！儿子都在身边，又都那么有出息。"

"你为什么还不弄早餐给我吃？"伯公突然说。

"什么还没吃，刚刚才吃过啊！"伯婆说。

"明明还没吃，你想饿死我啊？"

"好啦好啦！等一下就给你吃，你先看看谁来了！"伯婆把伯公的头扭过来，让他看向爷爷，"你弟弟，阿雄啊！你不是一天到晚想他吗？"

他侧头努力盯着爷爷瞧，瞧了一会儿，说："阿雄，你跑去哪里了？阿母在找你。"他拉起爷爷，爷爷淡默地回看他。

"牛屎明向阿母告状，说你放狗咬他家的牛，害他家的牛踩坏阿钦叔家的菜园，又吓跑三婶婆家的鸡。阿母拿着竹枝到处找你，你赶快躲起来。"

爷爷的脸起了些微的变化："跟阿母说，狗是自己跑出去的！"

接着伯公拉着爷爷，就要往古厝后方的竹林走去，伯婆赶紧阻止："不行

啦,两个'阿不倒',走路颠颠倒倒的,跌倒可不得了!"

"是啊!"众人纷纷趋前,一左一右,一前一后把他们拉开。

伯公身体扭来扭去,想挣脱众人,睁着迷惘的眼看着左手边的伯婆说:"牛屎明向我阿母告状,说阿雄放狗咬他家的牛,害他家的牛踩坏阿钦叔家的菜园和吓跑三婶婆家的鸡。我阿母拿着竹仔枝到处找阿雄,阿雄再不躲起来,会被我阿母打啦!"

"唉,你阿母死那么久,骨头都可以拿来打鼓了,怎么会从墓地爬出来啦?"

"乱说!她刚刚还在这里。"他又转向右手边的爸,"欧吉桑,我跟你说,牛屎明向我阿母告状……我阿母拿着竹仔枝到处找阿雄,赶快叫他躲起来。"

"哇!他叫你欧吉桑耶!"堂哥在一旁窃笑。

"没关系啦!你阿母到田里做事了,很久很久才会回来。"爸说。

伯公才安静下来,"喔!"了一声。

伯公一直躁动不安,状况连连,好不容易熬到吃饭时,他不但自己吃得满桌子都是饭粒,还频频喂爷爷,爷爷倒也乖乖张大口,让他把食物往嘴里塞。

"好了!好了!我们阿雄吃太饱了,不要再喂他了!"奶奶说。

"我跟你说,他刚刚放狗咬牛屎明家的牛。"

"好啦好啦!我知道啦!"奶奶敷衍地说。

"奇怪,伯公一件事要讲几百次啊?"堂哥在堂姐耳边小声说。

伯母拉了一下堂哥的衣角:"小孩子别啰唆,老人家失智就会这样。"

"没关系啦!一件事讲几百次,这还算小事,有时闹起来……"伯婆话还在嘴边,忽然听见"呸!"的一声,伯公嘴里射出一样东西,不偏不倚落在鸡头上面,看起来好像戴了皇冠,让这只已经被大卸八块的鸡,忽然变得雄赳赳气昂昂。

"哎哟!好恶心啊!伯公怎么把嘴里的食物吐回盘子里?"堂姐惊叫。

"不好意思！不好意思！他吃到不喜欢的东西就会这样，我帮你们换一盘。"伯婆不断道歉。

"伯母，没关系啦，别忙！小孩子搞怪，挑三拣四，不用理她！反正他们根本也不爱吃鸡肉。"伯母打圆场。

"鸡……鸡……"只见堂姐瞪着大眼，结结巴巴地指着前方，"鸡……鸡……"

"鸡肉就鸡肉，有什么好大惊小怪的？"伯母不耐烦地撇撇嘴。

"不是这个鸡，是……是……那个那个'鸡'啦！"堂姐说着，捂住双眼，把头侧向一边，躲到伯母背后。

大家往她指的地方看，只见伯公打开了裤子拉链……

"啊——"这下换堂哥尖叫，"伯公露出他的小鸡鸡，伯公是暴露狂呀！"

"婷文！不要……"爸正要出言制止，可是已经来不及了。

堂姐一听到"暴露狂"三个字，便歇斯底里地尖叫起来，而且还站起身想跑走。她一转身，撞倒了椅子，"砰!"伯公被巨响惊吓,睁着惶恐的大眼也跟着跑起来,蹒跚地四处乱窜,"防空警报喽! 飞机要丢炸弹喽! 救命喔——快跑喔——"

伯婆见状,大吼:"你不要乱啦! 快停下来!"

奶奶也紧张地大叫:"快! 快! 快去抓他,别让他受伤!"一边说还一边紧紧揣着爷爷的手,她大概怕爷爷也一起乱。

爸和伯父三步并作两步跑过去:"小心跌倒!"

"炸弹来喽! 炸弹来喽!"伯公扯着喉咙叫。

爸和伯父一左一右架着伯公,伯公扭来扭去想挣脱,嘴里还是一直说着:"炸弹来喽,快逃命啊!"

这时妈发现伯公的裤子湿了,从裤脚渗出淡黄色的液体,对爸使了一个眼色。爸点点头,由妈和伯母接手,妈小声地对伯公说:"炸弹来了,我带你去防空洞躲起来。"

伯公听了妈的话,竟奇迹般安静了下来,乖乖地让妈和伯母把他带进房间。

好不容易失控的场面恢复平静,伯婆紧绷的神经忽然松懈,一屁股跌回座椅,开始啜泣:"我真的好累好累,每天照顾他,就像照顾一颗不定时炸弹,不知道什么时候会爆炸……"

伯婆的眼泪顺着皱纹，在她的脸颊上散开，然后又汇聚成一条小瀑布，从下巴一滴一滴地滚落。

"有时还好好的，有时说变就变，大吵大闹，我真的不知道该怎么应付……像今天，他当着孩子的面前就……就……真是丢人现眼，可是他也不是故意的，真不好意思，吓到你们家婷文。"伯婆泪眼婆娑地看着堂姐，堂姐仍心有余悸。

伯婆擤一把鼻涕，低下头："婷文啊！你伯公不是变态！"

奶奶陪着伯婆流眼泪，说："阿嫂，你不要这样说啦，小孩子不懂事，你不要放在心上。"

坐在一旁一直面无表情的爷爷忽然冒出一句："我不是故意放狗咬牛屎明家的牛，叫阿母不要打我……"

奶奶和伯婆面面相觑。

才过中午不久，我们就回到饭店。

堂姐说："叔叔……"

"什么事？"爸回答。

"嗯……"堂姐一副吞吞吐吐的模样，"我……我……"

"你直说没关系！"

"我……我刚刚那样,是不是很没礼貌？是不是伤了伯婆的心?"堂姐边说边垂下头,"可是……可是伯公露出他的那个……真的很恶心啊！更何况我也不知道他会发狂,到处乱跑……"

"拜托,是你先发狂的！你也不看看自己发癫的样子！"堂哥两眼邪气,鼻子喷出一股嘲弄。

"你再说！"堂姐举起手想敲堂哥的后脑勺,被堂哥闪身躲掉。

堂姐不服气,只好嘟哝着:"还不是你先说伯公是'暴露狂',才会吓到我的。"

"好了好了！别闹了！"爸制止他们。

"爸！"这下换成我欲言又止,话哽在喉头,不知如何开口,好久才又说,"爸,爷爷以后也会变成这样吗？我是说……他会不会也随便掏出他的……那个?"虽然我和爷爷同是男生,但是,万一有外人,我还是会觉得很丢脸……

"对呀！"堂姐附和着问,"失智就会变成暴露狂吗?"

"这个我们等一下再讨论。我要先说说你们小时候的样子。"爸转头，眼神专注且柔和地看着我，"昱文，可能你当时太小，没有印象，但我却记得，你小时候吃顿饭总要吃上老半天，有时候一口含在嘴里，既不咬，也不吞下去。我和你妈怕你吃太少，营养不良，总是又骗又哄地喂你，但是效果仍然不好，一碗饭吃了一个小时，还剩大半碗，最后我只好边讲故事边喂你。比方说吃鱼肉，我就说《小美人鱼》的故事，小美人鱼游啊游，游进一个珊瑚礁洞里……你专注地听，眼睛睁得好大，傻傻地就把嘴巴打开，大口大口地吃。"

也许我当时真的很小，但似乎有一点模糊的印象，爸的故事让吃饭变得很有趣。

"等你吃完饭，我的饭菜早就冷了，但我不在乎，我喜欢看你吃饭的模样！"爸继续说，"你开始学走路后，明明站不稳，偏偏喜欢走。我怕你摔，怕你跌，于是弯着腰，牵着你一步一步地练习，虽然没走多久，我早已腰酸背痛，不过看着你越走越稳的脚步，我不觉得累，反而有一种成就感。慢慢地，我教你擤鼻涕、在马桶尿尿、擦屁股……刚开始你不懂得控制,常常尿得到处都是,大便大得满裤子,可是我和你妈不嫌脏,一遍又一遍地教你;接着我们教你怎么扣扣子,绑鞋带,你记不住,没关系,我们一次又一次地教,直到你会为止。"

爸抬起头,把眼光移向远方,思索着:"昱文,有一天我可能因为双手颤抖,吃饭时经常把衣服弄脏,走路跌跌撞撞,大便大得到处都是,一件事说了八百遍还记不得……"

"爸!"我阻止爸继续说下去,"我知道你的意思,"我眨眨眼,让泪水流回心底,"爸!我不会让你感到孤单无助,就像你以前照顾我一样,也像你现在照顾爷爷一样!"我不假思索地握着爸的手,第一次发觉爸的手掌没有我想象中的大。

爸微笑地点点头,眼中闪着泪光,一旁的堂哥堂姐也沉默不语。

"我们再来说'老年失智',虽然我是个医生,但也很难用三言两语向你们解释清楚。总而言之,它是一种由脑部退化所造成的症候群,通常发生在老人身上。全世界平均每三秒,就有一个人罹患。"

"哇!三秒!那以后不是满大街都是老年失智的人吗?"

堂哥说。

　　"没那么夸张,但目前全球已经有四千多万名患者,预计到2050年,患病人数会到一亿以上。至于老年失智的精神和行为症状,则会因为病因和病程的不同而有所不同。所以你们问我,爷爷以后会不会像伯公那样,坦白说,我也不知道,但我希望你们了解,他们都不是故意的,他们是生病了! 你们想想,当一个人感觉自己的脑袋好像不是自己的,会有多么痛苦、无助? 而照顾他们的家人,又有多么心力交瘁? 孩子们,如果有一天,不管是爷爷,或是我,或你们爸爸、妈妈因为老年失智,表现出一些反常的行为,希望你们不要认为我们很丢脸……"

剧 终

从彰化老家回来后,爷爷的状况越来越糟,有时走没几步就气喘吁吁;有时吃个饭,一半的时间都在咳嗽。爸爸说爷爷的吞咽功能退化,心肺功能也慢慢在衰竭。

也许是心里有数,也或许是爸和伯父和好了,相处没那么尴尬,伯父经常来看爷爷。

这天,伯父骑摩托车载着堂哥来我们家。照理说,失智的患者就算清醒时,逻辑思考能力也不好,常常面无表情,今天爷爷的脑袋却反常的清楚,把我们都叫进房间,手微微颤抖,指着前方。

"阿顺!"爷爷才开口,就先大喘两口气,"你帮我把左边抽屉里的盒子拿出来。"

爸赶紧起身打开抽屉,翻了一下,从一堆药包的最里面捞出一个老旧的饼干盒交给爷爷,盒面有些碰撞的凹洞,边缘还有锈蚀的痕迹。

"阿源、阿顺,你们两个坐下,我有话对你们说。"爷爷说。

"爸! 你多休息,不要说太多话啦!"爸说。

"不! 趁你妈和雅惠去菜市场,我们一家男人说说话。"

爷爷打开饼干盒,从里面拿出两个红纸包着的东西,看了一下后,交给爸和伯父一人一个。

红纸上各自写着爸和伯父的名字和生辰八字。

"这是什么?"伯父问。

"打开看看!"

爸和伯父把红纸打开。我和堂哥不约而同把头挤过去,本来以为里面会是什么传家之宝,没想到包着的竟是一坨大约五元硬币大小,黑黑的带点咖啡色,皱皱的像龙眼干的东西。

"这是什么? 像干掉的狗大便!"堂哥小声问。

"不要乱说!"伯父制止他。

"真的很像嘛!"堂哥翻了个白眼。

这时爷爷忽然剧咳,爸和伯父立刻趋前拍拍爷爷的背。爷爷单薄的胸膛快速起伏,一两分钟后才慢慢缓和,继续说:"阿源、阿顺,你们听我说,我没什么出息,努力了一辈子,只赚到一栋小小的房子。阿顺,你不计较,我就把那栋房子留给阿源吧!剩下的,我什么都没有,只给你们这个。"

爷爷用力鼓起胸膛,吸一口气,说:"这是你们出生时的脐带!以前的人形容女人生小孩,'生得过是鸡酒香,生不过就是棺材板',意思是说生小孩不简单,一个难产就会死人,每个小孩都是妈妈拼着自己的性命换来的。接下来把屎把尿,辛苦操劳,这中间的艰苦,你们都是做爸爸的人,不用我多说也会了解。也许,咳咳咳……"爷爷喘口气又说,"也许你们对你们的妈妈很不满,但从你们出生到现在,几十年来我们一直保存着你们出生的脐带,就是因为我们从来没有停止爱你们。"

"唉……"爷爷又说,"阿源、阿顺哪!每个人的人生都有很多无奈,如果把眼睛盯在坏的地方,就看不见好的。希望你们多看你们妈妈好的地方，等我咽下最后一口气时，才能安心地走……"

"爸！你不要这样说，你不会死……"伯父哽咽。

"人难免一死。"爷爷长长吐出一口气。

爸低头看着脐带，沉默不语。

接着爷爷又从饼干盒拿出一只手表。我知道那只手表，是爷爷六十大寿时，爸送他的生日礼物，也是爷爷最贵重、最珍惜的东西。

"凯文，来!"爷爷说。

堂哥往前跨一步。爷爷拉起他的手，却转头看向我："昱文，照理来说，这只手表应该给你，但我想把它送给凯文，可以吗?"

"爷爷，你不要这样说，爸送给你就是你的，你决定要给谁就给谁。"我惶恐地回答。

爷爷点点头，把那只金色的石英表放进堂哥掌心："凯文，爷爷没什么送你，只有这只旧表留给你当纪念。你是我们张家的长孙，爱不爱读书没关系，'一枝草一点露'，儿孙自有儿孙福，我相信你会走出自己的路。爷爷唯一希望的是，你不要变坏，要做个堂堂正正的人。"

"爷……"堂哥咬着牙，许久讲不出话。他平时很好强，从不流眼泪，但此时他眼眶泛红："爷爷，你放心，我不会让张家丢脸的。"

爷爷拍拍他的手背，嘴角微微上扬。

"昱文，乖，换你了!"爷爷向我招招手。

我呆立原地，真不想上前，因为一旦上前，就代表接受爷爷即将过世的事实。不知怎么搞的，我的身体不断哆嗦，越抖越厉害，越厉害脑袋就一片空白，我感到全身发麻，像有千百只蚂蚁啃咬皮肤，耳朵仿佛沉在水底被水灌满，完全听不见一点声音，只看见爷爷和爸爸的嘴巴，像水里的鱼，开开合合，还有耳膜里打鼓般的心跳声。

忽然有人推我一把，是爸爸。

"你愣着干吗？爷爷在叫你呢!"

爷爷从盒子里拿出一包……一包……m&m's巧克力!

我不自觉地打开嘴巴，眼睛瞪得比乒乓球还大："爷爷……这……这……"

"这是我前一阵子,趁体力还可以的时候出去买的。昱文,你什么都不缺,爷爷不知要留给你什么,想来想去,就送你一包巧克力吧!也谢谢你每天喂我吃药。"

"爷爷,难道你早就知道……"我感到一股酸意涌上,把我的心扭成一团,鼻子也酸酸的。

我想起来了!大约三四个月前有一天,帮爷爷喂药,照往例,我先喂爷爷一口水,再叫爷爷把嘴张开,把假药丢进爷爷嘴里,让他和着水一起吞进去。不料爷爷水吞下去了,m&m's滚动一下后,却卡在舌头上。忽然,爷爷瞪大眼睛看着我,我吓了一跳,赶紧再喂一口水:"怎么样?吞下去了吗?"爷爷愣了几秒后,说:"吞下去了!昱文,谢谢你喔!"我小心翼翼地又问:"你……你觉得还好吗?"爷爷浅浅地笑着:"很好,就像以前一样!"

原来,爷爷当时所说的"以前",和我想的"以前"不一样。

我紧紧握着爷爷给的m&m's,把塑料包装捏得嗦嗦作响。

"记不记得你小时候爷爷常把你扛在肩头,你总是兴奋又紧张地大笑大叫,我们一起逛街,逛累了就走进超市买一包巧克力来吃,你一颗我一颗。你喜欢把舌头弄得蓝蓝的,然后吐着长长的舌头对着我说:'爷爷!你看,鬼来了!'呵呵呵!你这个小捣蛋!没想到一眨眼,马上就要小学毕业了。只是,爷爷恐怕没办法参加你的毕业典礼……"

"爷爷,你不要说了,我不想听,你不会死的!"我用力摇头。

爷爷轻轻抚摸我的头。以前我最讨厌人家摸我的头,好像我永远长不大似的,但是现在我不在乎,只要爷爷可以,我愿意让他摸到我一百岁。

"傻瓜,哪有人不会死的,但我这一生很高兴与你们结缘。若来生有幸,希望还能和你们相逢。昱文哪!我给你巧克力的意思是,有一天,爷爷虽然

不在了，但是你还拥有我们俩的美好回忆，我会活在你的这里!"爷爷用手指指我的眉心。

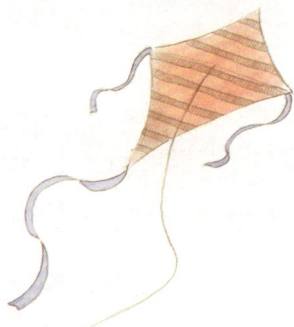

不知何时，两行热泪挂在我的脸颊，我开始轻轻啜泣，低头看着手里那包名叫"回忆"的巧克力。

三天后，爷爷因为吸入性肺炎引发败血症，住进加护病房。我去看他时，他全身插满管子。

爸问我："昱文，如果爷爷死的时候，让你一起陪在身边，你会不会害怕?"

七八个月以前妈也问过我同样的话，当时我无法细细思考，但现在我有了肯定的答案。

爸轻轻握着我的手，虽然很轻，但我感受到强烈的颤抖，我想：他握着我的手，是因为害怕。

他的双眼茫茫地望着天花板，幽幽地说："有人说，人的一生就像一趟旅行。唉，也许吧!"爸仰望的双眼像两洼溢满的水塘。他吸一口气调整情绪："就像我们在飞机场的出入境口,入境时有人接机,是一种欣喜和安定;但出境时若没人送行,就会感到孤单落寞。我们把爷爷当作即将一个人去远行,我们都来为他送行,别让他孤单,好吗?"

我用力回握爸的手:"爸!放心,他是我爷爷,我一点都不会害怕。"

爸欣慰地点点头,嘴角勉强牵出一抹微笑,脸颊却挂着两行他口口声声说男人不该流下的眼泪。

接下来几天,爸爸几乎寸步不离开爷爷,他的所有行动都随着爷爷的呼吸节奏而改变:当爷爷的呼吸急促,他的身体就不由自主地更靠近一些;当爷爷的呼吸逐渐缓和,他紧绷的身体也跟着舒缓下来。一整天下来,爸虽然大多坐着,却显得疲惫不堪,眼眶泛黑,两颊凹陷。

爷爷的重要器官正急速恶化，呼吸也愈加急促大声，他每吸一口气，喉头都仿佛搅动着一池水，发出"呼噜呼噜"的声响。他大部分的时间双眼紧闭，偶尔睁开眼，爸就好像中了彩票一样，立即奔向前跟他说话。其实爸根本不确定爷爷是不是真的看得见东西，是不是真的清醒，但他还是一边按摩着爷爷骨瘦如柴的手，一边跟他说我今天哪一科哪一张考卷又考了一百分，我又当选了模范生什么的……天知道，我今天根本没去学校。

星期一早上十一点多，爷爷忽然奋力地鼓起胸膛，在呼吸器里想吸一口最平常最廉价的空气，可是好像有人掐住他的喉咙一般，怎么也吸不到。他用力睁着双眼，空洞地看着前方，我冲上前呼叫爷爷，爷爷逐渐把眼神聚焦，看着我的脸，然后脸色渐渐舒缓下来，吐出最后一口气，缓缓闭上眼，就像睡着了一般……

爸爸弯下腰，先是用力地拥抱一下爷爷，然后把脸贴着爷爷的脸，嘴巴靠近他的耳朵，说了一句："爸，你辛苦了！好好走吧！"

幕 后

　　我发现思念会像潮水一般,在不注意的时候悄悄上岸,就像当我看见餐厅的生鱼片时,就像当我闻到小摊上的热豆花时,就像当我听见日本老歌时,就像当我握着那一包巧克力时……思念就像潮水,潮起又潮落……潮起又潮落……

　　爷爷走了,一出只有一个观众的"好戏"也落幕了,但爸爸和奶奶从此过着幸福快乐的日子吗?当然没有!不过爸找到了一个与她相处的模式,就是当奶奶发脾气时,爸默不吭声,然后找借口跑出去运动,丢下烂摊子。奶奶找不到爸吵架,就把脾气发在妈身上。妈受不了,再回头找爸算账。

后来,爸和妈又协调出一个共同与奶奶相处的模式,那就是两人轮流被奶奶骂。只不过爸比较可怜,因为轮到妈被奶奶骂时,妈还是会给爸一顿疲劳轰炸:"你妈怎样又怎样的⋯⋯"不过爸变得很淡定,只是拔拔胡子,扎扎下巴。

现在,不管奶奶再怎么无理取闹,家里再也没有两军对峙、刀光剑影的场面了!也许是爸为了让爷爷的灵魂安心,也许是从淑芬姨婆那儿找到谅解奶奶的理由⋯⋯总而言之,西线无战事,奶奶安心住了下来。而爷爷那穿越时空的灵魂,已固定停留在某个时空里⋯⋯

后记

谨以此书献给

我的公公，我的丈夫，我的儿子。

有一把摇椅叫——思念

彭素华

　　夏日午后，解开绑在脑后的马尾辫，坐上那把破旧的摇椅，在这温度仍然高达三十几度的午后，头发粘在颈肩虽然有点黏，有点热，但为了能舒服地把头枕在椅背上，这点难受是值得的。我挪动了一下，尽量让摇椅完全包覆身体，双手自然垂靠在经过缝补的扶手上，接着再倾斜出一个完美角度，和摇椅融为一体。我轻轻摇晃，看着落地窗外洒满金色带点橘红的阳光，看着娇艳的花草在清风中摇曳，看着仍孜孜不倦的蜜蜂、蝴蝶……

　　这把米黄色摇椅是用一种纸纤维经过特殊处理后编织而

成的,有藤编的朴实却没有藤编给人的坚韧感,比较带有温暖柔软的气息,是我十几年前买来放在新家送给公公的"宝座"。他看到摇椅的第一眼时,没有赞美,甚至连一句话都没说,只有嘴角泛起一抹淡淡的微笑,接着坐上摇椅,闭起眼睛,轻轻摇晃。

此后每隔几天他和婆婆就会来我家小住几日。只要他来,几乎整日坐在摇椅上。有时我儿子,也是公公唯一的男孙,会爬上他的肚子要他用力地摇,这一老一少像是在荡秋千似的,笑闹着只有他俩才懂的话语;有时公公就只是坐着,看电视台一播再播的乡土连续剧;有时打个盹,要他回房间睡,他却坚持只是闭眼休息,可是没多久脑袋又不自主地东摇西晃。

日复一日,年复一年,摇椅的扶手处已经磨损,一根根外露的纸纤维扎着他的手臂,婆婆要我把它丢了,但公公不肯。我灵光一闪,找了一块和它颜色接近的厚布,把破损的地方包裹起来,虽然谈不上焕然一新,但凭着一双巧手,还算是另有风味。

再几年,公公罹患癌症和老年失智后,搬来与我们长住。这时的他再也抱不动孙儿,记忆也经常飘浮在过去与现在之间,有时甚至出现幻听幻觉。那把摇椅变成了宇宙飞船,载着他穿梭不同的时空。同时,摇椅也成为我们家三代的情感联系。

有一次,婆婆拿了两根棒冰给我儿子,说:"你一根,爷爷一根。"儿子奔到房间,把棒冰递给爷爷。爷爷皱着眉吃力地拨弄,迟钝的手怎么也打不开包装纸,站在摇椅旁的儿子赶紧把自己的放到一旁,拿过爷爷的棒冰,仔细打开后小心整理,让爷爷方便拿,以免融化的糖水把他的手弄得黏黏的。公公接过棒冰,与孙子互看一眼,两人一边微笑,一边张嘴大口吃冰。

也曾公公忽然起身,拖着蹒跚的步伐移动,儿子赶忙趋前:"爷爷!你想做什么?我帮你!"

公公睁着惶恐的双眼,悄悄地说:"我大便了!"

儿子拍拍爷爷的肩说:"没关系!我去叫阿嬷和妈妈来!"

这时,公公已不记得眼前的孩子是谁,只知道他是一个帮助他解决困境的同伴。

喜欢坐在摇椅旁的小凳子上的,另一个熟悉的身影是我先生。每天早晚他都会坐在公公身旁和他聊天,说是聊天,其实是一些风马牛不相及的对话。有时,先生问:"爸,你今天胃口好不好啊?"公公答:"你旁边那个女人不是几年前就死了吗?"先生疑惑地问:"你说谁啊?"公公又说:"你把我衣服拿去哪里了?"

牛头不对马嘴,也许让先生失落,但真正像把刀的,还是那句:"你是谁?"

"你是谁?"

如果连我们的最爱都被遗落在记忆的长河里,那浪涛淘尽后,剩下的是什么?

看着公公灵魂的混乱,看着我们家三个男人在这条长河里载浮载沉,我心中感触良多,便以这三个男子的个性作为雏形,编织了这个故事。这个故事与其说想向读者传达什么讯息,不如说是自己想从中探索,究竟什么才是人生中最需要学习的课题?

最终,公公在摇晃中度过残存的岁月,直到生命画下句点。

　　在他刚走的那段时间,我一直不习惯那把静滞且空荡荡的摇椅,仿佛连它也失去了生命。我常常在想,一生温柔敦厚的公公在另一个世界里,不知过得好不好,直到那一夜他入梦来,依然坐在那把摇椅上。我惊讶地问他:"爸!你怎么会在这里?"他笑而不答,只有摇椅"咿咿啊啊"的声音回荡在暗夜里。忽然,我醒来,虽有思念,但没有悲伤。我想,他那抹微笑是在告诉我:他很好吧!

　　两年,又是两年了,我把扶手脱落处重新补缝。闲来没事时,我会坐在上头看看我在阳台种的花草,我先生偶尔也会坐在这儿,手里握着以公公相片当作桌面的手机,旁边是公公的牌位,他就这样静静地坐着,一如陪伴生前的父亲……

关于
阿尔茨海默病

中文名：阿尔茨海默病

英文名：Alzheimer's disease

发现者：阿洛伊斯·阿尔茨海默

Alois Alzheimor

（1864—1915）

病因：阿尔茨海默病是由于神经退行性变、脑血管病变、感染、外伤、肿瘤、营养代谢障碍等多种原因引起的一组症候群，与衰老也没有必然的关联。

中国阿尔茨海默病协会2016年的调查结果显示：

（1）目前中国的阿尔茨海默病患者平均生存期仅有5.9年。

（2）阿尔茨海默病是威胁中国老人健康的"四大杀手"之一。

（3）中国的阿尔茨海默病患者人数已居世界第一。

（4）中国是阿尔茨海默病患者人数全球增速最快的国家之一。

（5）2016年中国阿尔茨海默病患者人数已达800万。

目前，阿尔茨海默病仍然没有可以治愈的方法，但也不是完全束手无策，除了进行规范的治疗延缓疾病发展，我们还应该在日常生活中更细心地照顾阿尔茨海默病的病人。

语言表达
困难

记忆力减退

如何判断

智力衰退

健康饮食

培养兴趣

如何预防

规律运动

生活自理
困难

视觉空间
出现障碍

个性及
情绪变化

降低三高

积极社交

如何照顾

给予关心
与理解

提醒按时
按量服药

多陪伴
多沟通

一起游戏

学习了解
相关知识

在患者身上
放置方便联
系的名片

患者出现病症
时多加陪护

协助锻炼
身体

图书在版编目（CIP）数据

穿越时空的告别 / 彭素华著. — 杭州：浙江大学
出版社，2018.9（2018.11重印）

ISBN 978-7-308-17972-0

Ⅰ.①穿… Ⅱ.①彭… Ⅲ.①中篇小说—中国—当
代 Ⅳ.①I247.5

中国版本图书馆CIP数据核字（2018）第021104号

原书名：穿越时空的灵魂 原作者：彭素华 原出版社：
小兵出版社有限公司 版权合同登记号：图字11-2018-356号

穿越时空的告别

彭素华 著

选题策划	平 静
责任编辑	平 静
责任校对	刘 郡
装帧设计	鹿鸣文化
彩色插画	微 子
出版发行	浙江大学出版社
	（杭州市天目山路148号 邮政编码310007）
	（网址：http://www.zjupress.com）
印　刷	浙江省邮电印刷股份有限公司
开　本	880mm×1230mm　1/32
印　张	6.25
字　数	85千
版 印 次	2018年9月第1版　2018年11月第3次印刷
书　号	ISBN 978-7-308-17972-0
定　价	32.00元

浙江大学出版社市场运营中心联系方式（0571）88925591；http://zjdxcbs.tmall.com